離婚予定の契約妻ですが、旦那様に独占欲を注がれています

m a r m a l a d e b u n k o

河野美姫

マーマレード文庫

目次

離婚予定の契約妻ですが、旦那様に独占欲を注がれています

離婚予定の契約妻ですが、
旦那様に独占欲を注がれています

プロローグ

「俺は本気だよ」

意志の強そうな瞳が私を射抜き、迷いのない声音が静かに落ちていく。

オーダーメイドであろう仕立てのいいスーツを着た姿は何度も見たことがあるけれど、今日はいっそう荘厳な雰囲気を纏っている気がした。

「昨夜、君と話しているうちに、こうするのも悪くはないと思えた。だが、常識では考えられないことを言っているのも、自覚しているつもりだ。だから――」

思考が追いつかなくて困惑でいっぱいなのに、滔々と話す姿から目が離せない。

「もし君がやっぱり降りると言うのなら、他の女性を探そうと思う」

けれど、最後に放たれた言葉が、戸惑うだけだった私の背中を力いっぱい押した。

（他の女性に頼む……？　そんなの……）

彼は、この提案をなかったことにするのではなく、私が断れば他の女性に白羽の矢を立てると言う。

好きな人の傍にいられる権利が、たとえひとときだけでも手に入るかもしれないというのに……。ここでみすみす逃してしまえば、間違いなくどこの誰ともわからない女性に持っていかれてしまう。

（それは嫌……！）

常識では考えられない。

住む世界が違うせいかもしれないと頭の片隅に過ったけれど、そんなことに囚われている場合じゃない。

たとえそのせいであったとしても、今この状況の中にいる以上、私には選択権が与えられているのだ。

（こんなの、おかしいってわかってる……。でも……）

私が断っても他の女性が選ばれるのなら、私には迷う暇なんてない。きっと、ここで〝普通〟の選択をしてしまったら、いつか後悔してしまう。

そこまで思い至ったとき、答えはひとつしか浮かばなかった。

「やりますっ……！」

まだ混乱している思考を押しのけ、様々な不安に全力で蓋をして一思いに頷く。

「上手くできるかはわかりませんが……私にやらせてください」

「本当にいいのか？　成功報酬は用意するが、無理強いするつもりはないよ」

「はい……」

冷たい双眸が、私の心を試すようにこちらに向けられる。

私は、彼に負けじと背筋をしっかりと伸ばし、小さな深呼吸をひとつしてからおもむろに口を開いた。

「あなたの妻になります」

これは、彼の妻になる〝契約〟。

赤の他人でしかない私たちの間にあるのは、ただそれだけ。

ずっと片想いしていた私と違って、彼にはこれっぽっちも愛がないことは、私自身が一番よくわかっている。

それでも、差し出された常識外の契約を手に入れたかった。

普通なら、私と彼の人生が交わることなどありえない。昨夜のことがなければ、彼は後腐れのない相手を見繕ってきたのだろう。

言葉を交わした回数はそう多くないけれど、今の彼を見ていればそれくらいのことは理解できた。

「そうか」

ふっ、と瞳が緩められる。笑顔には程遠いものの、微かに漏らされただけの淡い笑みにすら、私の心は簡単に囚われてしまう。

けれど、この恋心を悟られてはいけない。この恋に溺れることは許されない。

本当は、むりやり押し込めた不安が今にも飛び出してしまいそうで、いつか傷つくかもしれない未来を予感している。

傷ついてもいい、なんてかっこいいことは言えない。

ただ、目の前にいる彼の優しい笑顔が今でも忘れられなくて、またあんな風に笑ってほしいと思う。

四年前、晴れの日にふさわしくない大雨の中で向けられた柔和な瞳は、あの日からずっと私の脳裏に焼きついている。

今朝は、奇しくも雨。これからの未来が泥だらけの道であっても最後まで歩いていこう……と、私はひとり密かに心に留めた——。

一章　契約妻になる権利

一、手の届かない人

世間は、ゴールデンウィーク真っ只中。

六本木《ろっぽんぎ》の大型複合施設から程近い場所にある『Cafesalon《カフェサロン》 KSS《ケーエスエス》』の店内は、普段の休日よりも幾分か混雑している。

ホールスタッフの私――真下《ました》花純《かすみ》は、笑顔を絶やさないように意識しつつ、出来上がったばかりの料理を運んだ。

「お待たせいたしました。春野菜のサラダパフェ、チキンの塩麹マリネ、紫ニンジンのポタージュです」

塩麹と蜂蜜に漬け込んだチキンの塩麹マリネは、むね肉とは思えないほど柔らかく仕上がっている。紫ニンジンのポタージュはおいしいのはもちろん、豆乳で作られているから脂質とカロリーが低く、老若男女に人気がある。

「サラダパフェには、こちらのドレッシングをかけさせていただきますね。黒酢とオリーブオイル、てんさい糖、柑橘系の果汁で作ったものになります」

ワインボトルほどのサイズの瓶を軽く振り、色とりどりの野菜がふんだんに盛り付けられた春野菜のサラダパフェにドレッシングを回しかけていく。

新鮮な野菜の味を邪魔しないように塩分を極力控えた手作りドレッシングは、色々な野菜やお肉と相性がよく、お持ち帰り用としても大人気の一品だ。

グリーンと花々に囲まれた店内は満席で、イタリアのインテリアブランドから直輸入しているウッド調のテーブルセットは様々な料理で埋め尽くされている。

ランチタイムを迎えたばかりの今は食欲を刺激する匂いが充満し、早朝から出勤していた私の胃がさきほどから空腹を訴えてくる。

それを笑顔で隠し、お客様に一礼をしてからキッチンに戻った。


大手スポーツ用品メーカー、『KSS《ケーエスエス》』。

『キミシマグループ』が創設したブランド全体の売上は、国内シェアでは常に三位以内をキープしている。『君嶋・スポーツ・セレクト』の頭文字から取ったブランド名は海外でも認知され、有名スポーツ選手を起用したCMを観ない日はないほどだ。

サッカーや野球、バスケを筆頭に、テニスやゴルフ用品はもちろん、ここ数年はトレーニングウェアなんかも注目を浴びている。

サイズ展開が多いアンダーシャツは、『体にフィットするのに通気性がいい』という謳い文句通りの使用感で、スポーツ雑誌に何度も紹介されたことがあり、ネットの口コミでも好評だった。

中でもKSSが一番力を入れているのは、シューズ関係だ。

スパイクやトレーニングシューズといったそれぞれのスポーツに合わせたものはもちろん、ランニングシューズとウォーキングシューズは不動の人気を誇っている。

年齢層に合わせてデザインや機能性が少しずつ変えられていたり、海外でも人気があるためサイズ展開も豊富だったりと、ファッションのように選ぶ楽しみがある。

直営店には専任のアドバイザーが常駐しているため、細やかな相談にも乗ってもらえるし、公式ホームページやお客様センターでも似たような対応が用意されている。

最新鋭のセキュリティで情報が管理されている二十三階建ての本社ビルでは、今日もキミシマの社員たちが切磋琢磨し、新商品を生み出そうとしているに違いない。

残念ながら、私が働いているのは隣接する十階建てのビルの一階だけれど。

キミシマが所有するこのビルの二階から六階まではジムの施設があり、七階以上はオペレーターが在籍するお客様サポートセンターなどが入っている。

本社と隣接させていることで、より迅速で細やかな対応ができるように——という狙いがあるらしい。

「誰か社長室にデリバリーしてくれる？」

「はい！　私が行きます！」

「あ、真下さんは先に休憩に入ってもらおうかと——」

「大丈夫です！　まだお腹空いてませんから」

店長の大隈《おおくま》さんに食い気味に返せば、苦笑いを向けられてしまった。

三十代前半の彼は、黒いセルフレームのメガネがよく似合う。

顔や雰囲気は爽やかでインテリ風に見えるから、学生時代にはラグビーをしていたなんて想像もできない。けれど、週五で上階のジムに通っているだけあって、体つきはがっちりとしたスポーツマンタイプだ。

「じゃあ、お願いしようかな。サンドイッチは鶏ハムと根菜で、キャロットラペとコブサラダもつけて。それと、コーヒーはいつも通り熱めね」

「了解です」

キミシマグループの関連会社にあたるジム、『KSS《ケーエスエス》 FitnessClub《フィットネスクラブ》』に併設されたカフェサロンは、本社とこのビル内に限りデリバリーも行う。

スポーツ用品に精通しているキミシマグループは、身体造りに欠かせない食にも力を注いでいる。すべてのメニューに栄養士と専門家のアドバイスを取り入れ、美と健康に配慮した食事を摂ることで運動の効果をより高めることを目的としているのだ。一般のお客様も利用はできるけれど、キミシマの社員やジムの会員なら割引特典などがあるため、利用層は後者が圧倒的に多い。

社員は、社員証に記載されているバーコードで支払いができ、給料から料金が差し引かれる仕組みになっているから、利用しやすいのもあるのだろう。

重役たちの利用も珍しいことではなく、社長室からも週に一度はオーダーが入る。

本社へのデリバリーをいつも率先している私は、店長にはその理由を見透かされているだろうな、と思いつつも準備に取りかかる。

コーヒーはMサイズを高温で淹れ、ボックスに詰められたサンドイッチをキッチンスタッフから受け取って、それぞれ別の袋に入れた。

連休真っ只中とはいえ、本社ビルには人の出入りがそれなりにあり、受付には顔見知りの女性社員がいた。

胸元のネームプレートを見せながら「社長室にデリバリーです」と、いつも通りのやり取りを交わす。お互いに顔と名前を知っていても、こうする決まりなのだ。

受付を通してもらい、タイミングよくやってきたエレベーターに乗り込む。二十三階に着くまでにキミシマの社員は降りていき、自分だけになったところでエレベーター内の鏡で身だしなみをチェックした。

背中に届くブラウンベージュ系の髪は、いつもシニヨンやポニーテールなどの纏め髪にし、前髪は目がはっきりと見えるように斜めで分けている。

制服は、胸ポケットにKSSのロゴが入った白いTシャツと、黒いパンツにギャルソンエプロンというシンプルなデザイン。だからこそ、少しの汚れでもすぐに目立ってしまうため、急いで見える範囲を確認した。

派手にならないように心掛けているメイクも、幸いまだ崩れていない。

二重瞼に引いたアイラインもマスカラも綺麗なままで、アイシャドウのツヤも残っている。コーラルピンクのティントリップは小さな唇になじみ、頬に乗せたチークも主張しすぎていないはずだ。

（よし……っと。大丈夫だよね？）

エレベーターが二十三階に着き、真っ直ぐ社長室に向かう。両開きの重厚なドアの前で深呼吸をしたあと、控えめにノックをした。

「カフェサロンの真下です。デリバリーに参りました」

「どうぞ」

返事を確認してから「失礼します」と口にし、ドアをゆっくりと開ける。

「お待たせいたしました」

「そこのテーブルに置いてくれ」

切れ長の瞳が私を一瞥したかと思うと、パソコンのディスプレイに戻っていく。二秒ほど視線が交わっただけなのに、返事が一拍遅れてしまった。

なんとか高鳴る鼓動を抑え、必死に平静の笑顔を装った。

学生時代から接客業に従事していたおかげで営業スマイルは得意なのに、ここに来るといつもドキドキするせいで崩れてしまいそうになる。

ソファの前にあるローテーブルに商品を並べていると、社長である君嶋創《きみしまはじめ》さんが座り心地の好さそうな革張りの椅子から立ち上がった。

「ありがとう。デリバリーの担当、最近は真下さんが多いね」

「……っ、はい」

低いけれど穏やかな声に名前を呼ばれ、胸の奥がきゅうっと震えた。単純な心が勝手に浮かれ、頬が緩みかける。

「いつもご苦労様」

「いえ……えっと、ありがとうございます」

ごく普通の社交辞令のような会話だって、君嶋社長と交わせるのなら喜びでいっぱいになる。微笑んでもらえることは滅多にないものの、社長の言葉の端々には気遣いを感じられるし、声をかけてもらえるだけで嬉しかった。

キミシマグループの国内事業部取締役である君嶋社長は、美丈夫と形容したくなるほどの相貌の眉目秀麗な男性だ。

意志の強そうな切れ長の目に、西洋の彫刻のように通った高い鼻梁。

凛とした眉は高確率でひそめられているけれど、どんなときでも目を見て挨拶やお礼を言ってくれる姿からは誠実さが伝わってくる。

すっきりと整えられた濡れ羽色の髪は美しく、一八〇センチはある体軀はKSSを担うにふさわしく鍛えられ、一挙手一投足にも洗練された雰囲気が漂っている。

グループの会長に祖父、グループの代表取締役社長に父、海外事業部取締役社長にはお兄さんが就いている生粋のエリート一家であるにもかかわらず、驕ったようなところはまったくない。

とはいえ、三十二歳の若さで国内事業部の取締役社長に就いているだけあり、その立ち居振る舞いには自信が表れていた。

笑顔を見たことはほとんどないものの、丁寧な言動からは育ちのよさが滲み出ているし、社長に憧れる女性が多いという噂話にも大きく頷ける。

(漏れなく、私もそのうちのひとりだしね)

手の届かない人だというのは、嫌になるくらいわかっている。

カフェスタッフじゃなければ、私はここに来ることすら叶わないのだから……。

ついぼんやりとしそうになっていたとき、ドアがノックされた。君嶋社長の返事が静かに響き、ドアが開けられる。

「失礼いたします」

入ってきたのは秘書の女性で、私と目が合うと「お疲れ様です」と柔らかく微笑み、社長のもとに歩み寄った。

「午後からの会議で使用する資料です。タブレットに転送済みですが、カラーチャートもありますので出力もしておきました」

高いヒールが似合う女性は、歩き方や身のこなしすらも美しく、社長室にいても違和感がまったくない。年齢はきっと、私とあまり変わらないはず。

反して、カフェの制服に身を包む私だけ、三人の中で明らかに浮いていた。

「私はこれで失礼します。また、オーダーをお待ちしています」

この場にいるわけにもいかず、笑顔で決まり文句を言い置いてお辞儀をする。

君嶋社長は表情こそ変わらなかったものの、「ありがとう」と返してくれた。


受付に声をかけてから本社を後にし、振り返って高いビルを見上げる。

(本社の人って、やっぱりかっこいいなぁ)

老若男女問わず、みんな一様に自信に満ち溢れているように見える。

綺麗なスーツやオフィスファッションを身に纏う姿は洗練されているし、カフェサロンでランチミーティングをしているところなんて海外ドラマのワンシーンのようだ。

さきほど社長室にやってきた女性とも何度か顔を合わせたことがあるけれど、モデルでも通用しそうなスタイルに加え、仕事ができそうな雰囲気も滲み出ている。

(私も採用されてたら、あんな風になれたのかな。……それはないか)

心の中で唱えた自問自答に、肩を竦めて小さく笑ってしまう。

このビルに面接を受けに来たのは、もう三年も前になる。

キミシマグループに興味を持ったきっかけは、二十歳のときに初めてＫＳＳのスニーカーを購入し、洗練されたデザインと履きやすさに感動したことだった。

それまでブランド名くらいしか知らなかった私は、ちょうど始めたばかりだったランニング用のシューズも購入すると、KSSというブランドの虜になった。

以来、スニーカーとランニングシューズはKSSを愛用するようになり、それを機にキミシマグループの系列会社への就職を目標に就活を始めた。

その後、運よく一次試験と二次試験を突破し、最終試験の面接にまで漕ぎつけることができたものの、残念ながら届いた結果は不採用通知だったのだ。

最終面接のとき、当時は専務取締役だった君嶋社長が面接官として座っていたことは、今でも鮮明に覚えている。社長を一目見た瞬間、試験に対する緊張も不安も忘れてしまうほどに胸が高鳴り、足が止まってしまったから。

他の面接官から怪訝そうに『お掛けください』と促されても、すぐには椅子に座ることができず、最悪なことに散々練習して臨んだはずの質疑応答もグダグダだった。

結果は火を見るよりも明らかだったけれど、不採用通知が届いたときの落胆は大きく、自身の不甲斐なさに涙が出た。それでも、なんとかKSSに関わる仕事ができないかと調べて、カフェサロンのスタッフに応募したのだ。

もともと、カフェ巡りなんかは好きだったし、大学時代の四年間はコーヒーショップでアルバイトをしていたこともあって、接客業にも少なからず興味はあった。

一度はＯＬを経験してみたかったけれど、興味が持てない他社よりもＫＳＳにほんのわずかでも関われるカフェサロンで働ける方が魅力的に思えた。

そして結果的に、大学時代のバイト経験が功を奏したのか採用に至り、一年間のバイト期間を経て、この春から正社員として登用されることになった。

順調とは言えない社会人生活で、両親に心配をかけていたけれど……。仕事は楽しく、正社員になってからは業務の幅も増えて今まで以上にやり甲斐を得られている。

本社で働くことに憧れはある反面、どんなに想像力を働かせてみても煌びやかな生活を送る自身の姿はまったく浮かんでこないし、今の生活に不満もない。

月に数回は君嶋社長に会えるチャンスがあるし、今日みたいに社長に名前を呼んでもらえると幸せな気分に浸ったまま眠りに就ける。

なによりも、それが日々の原動力になっていた――。

数日後、ようやくゴールデンウィークが終わり、明日は久しぶりの休みだった。

最寄駅から徒歩七分、築二十四年のワンルームマンション。大学卒業と同時に実家から引っ越してきたここは、三年前にリフォームが施されたのだとか。

通勤時間は三十分ほどかかるものの、セキュリティ対策も万全で安心感があり、買い出しにも困らないだけの店舗が徒歩圏内にある。唯一の難点は家賃が予算オーバーだったことだけれど、無事に正社員になれた今はそれも解決した。

欲を言うのなら、実家にいる猫のだいふくと一緒に住みたい。

ゴールデンウィークの連勤のせいか疲労感はピークで、スマホに保存している写真を見てはだいふくに会いたくなる。

トラ模様のだいふくは、母が保護施設から引き取った十歳の雄だ。

ツンツンしているようで実は甘えん坊なところも、大きな態度のわりに小心者の性格も、とにかく可愛い。我が家に来た七年前はスリムだったはずなのに、今やすっかり立派になりすぎているところにも、とてつもなく癒される。

写真を撮るときにふてぶてしい表情になるのだって、なんだか笑えてしまうのだ。

すっかりだいふくが恋しくなった私は、明日は実家に帰ろうと決めた。

＊＊＊

「花純、晩ご飯はどうする？　食べていくの？」

「ううん。そうすると遅くなるし、夕方には帰るよ」

「あら、そう。じゃあ、昼ご飯の残りのから揚げだけでも持って帰りなさい」

少しだけ残念そうな母にお礼を言い、居間にごろんと横になった。

ベッドタウンに位置する住宅街に建つ、築二十五年の一軒家。どこにでもあるようなごく普通の家だけれど、生まれ育った場所はやっぱり落ち着く。

「だいふく～！　お姉ちゃん、もうすぐ帰っちゃうからね」

お気に入りの座布団の上でくつろぐだいふくは、耳を小さく動かしながらもこちらを見ようともしない。

帰ってきたときには歓迎するように尻尾を振って近づいてきてくれたのに、どうやらだいふくフォルダをさらに充実させるべく撮影会をしたのがよくなかったらしい。

ふてぶてしい顔の写真が増えたものの、だいふくにはそっぽを向かれてしまった。

「花純は、すぐにだいふくにスマホを向けるからいけないのよ」

「だって、せっかく帰ってきたんだから、だいふくの写真が欲しいんだもん」

「写真なら、いつでも送ってあげるのに」

「お母さんの写真は全部ブレてるじゃない」

だいふくは、写真撮影には面倒くさそうにするものの、カメラ自体を嫌ったり怖がったりはしない。ただ、それをいいことに、今日は長く撮影しすぎたかもしれない。

といっても、のんびりしているだいふくを数十枚ほど撮っただけで、決してむりやり動かしたりポーズを取らせたりはしていないのだけれど。

「だいふくもいいけど、あなた恋人とかいないの？　そう遠くないとはいえ、せっかくの休みの過ごし方が実家に帰ってくるだけなんて……」

「……サービス業だと、友達となかなか予定が合わないの」

「友達のことなんて訊いてないわよ。あなたって、本当にそっちは疎いんだから」

適当に濁してみると、母がため息をついた。恋人の有無を訊かれることに辟易しているけれど、母は母で娘の色恋沙汰を心配しているらしい。

「あ、花純。頂き物のカステラがあるから、それも持って帰りなさい」

かと思えば、コロッと話を変えるものだから、こちらも肩の力が抜けてしまう。

帰ってくるたびに色々と持たせてくれようとする母は、社会人になった今でも常に私のことを心配してくれているんだろう。

正社員になれたとはいえ、生活は決して裕福なわけじゃない。今は待遇や福利厚生がしっかりしている反面、少し前までは不安定なフリーターだったため、これからは貯蓄に力を入れなければいけないからだ。

「そういえば、土日は帰ってこられないの？　修弥《しゅうや》はともかく、お父さんがすごく会いたがってるのよね」

「うーん……今月は難しいかな。来月のシフトは土日で休み希望を出してみるよ」

「そうしてあげて。お正月もゆっくり会えなかったし、今日も残念がってたから」

実家には電車で一時間で帰ってこられるものの、父と三歳下の弟の修弥とはタイミングがなかなか合わず、しばらく会えていなかった。

サラリーマンの父はカレンダー通りの仕事に就いているし、大学生の修弥は学業にサークルにバイトに……と、それぞれ忙しい。六時半から二十三時半の中で三交代制で働くサービス業の私とは、ことごとく予定が合わないのだ。

「わかった。でも、とりあえず今日はそろそろ帰るよ」

「そう。またいつでも帰ってきなさい」

「うん。だいふく、またね」

だいふくの背中をそっと撫でると、私をちらっと見ただいふくはゆったりとした仕草で尻尾を揺らめかせた。

その様子に笑みが零れ、母に昼食を作ってくれたこととお土産を持たせてくれたお礼を告げたあと、まだ日が傾かない時間帯に帰路に就いた。

二、はじまりは偶然に

蒸し暑い日々が続く、六月上旬。

バックヤードで休憩中だった私に、バイトスタッフの瀬良志穂《せらしほ》ちゃんが「花純さん」と声をかけてきた。

「先月、実家に帰ったんですよね？　だいふくくんの写真、見せてください」

来年で大学を卒業する志穂ちゃんは、私と同時期からここで働いている。愛知《あいち》県の実家には三匹の猫がいるらしく、猫好きの彼女とはすぐに仲良くなった。

ただ、最近は休憩時間が合わなかったため、ここで話すのは久しぶりだ。

「いいよ。でも、また変な顔しか撮れなかったんだよね」

「うちの子も同じですよ。わぁー、だいふくくん可愛い！」

写真フォルダを開いてスマホを見せると、志穂ちゃんの声がワントーン上がった。

大きな瞳がキラキラと輝き、「あ、こっちの顔もいいですね！」なんて話しながら表情がコロコロと変わる様は、とても素直で可愛らしい。ミディアムボブの髪から漂う甘い香りが、女の子らしい彼女のイメージにぴったりだ。

ふたりで猫談議に花を咲かせていると、一足先に私の休憩時間が終わってしまい、「また見せてくださいね」と向けられた笑顔に大きく頷いてホールに戻った。

「真下さん、本社にデリバリーしてくれる？　第三会議室にコーヒー十人分と、社長室にラップサンドとサラダとコーヒー、先に会議室で。社長室は無人かもしれないけど、ノックして返事がなかったらいつも通り置いてきて」

店長に返事をして、すぐにポットを準備する。十杯分ならポットひとつで事足りるため、コーヒーを抽出している間にミルクやシュガーを専用のボックスに詰めた。

社長用のコーヒーは別で淹れ、出来上がったばかりのサーモンとアボカドのラップサンドとともにワゴンに乗せる。

「じゃあ、いってきます」

ＫＳＳの社内でもコーヒーは飲めるはずだけれど、カフェサロンのポットサービスは人気が高く、会議やミーティングを始め、来客の際にオーダーが入ることが多い。

うちのコーヒーは、専属のバリスタが海外から厳選した豆を直輸入し、店頭で一杯分ずつ抽出しているため、お客様からも好評なのだ。

いつも通りに受付を通してもらい、まずは第三会議室に向かう。待機していた男性社員がすぐに対応してくれ、スムーズに受け渡しが終わった。

その足で二十三階の社長室に行き、ノックしようと手を構えたとき。

「――まずは社員をもっと見ろ」

厳しい口調が聞こえてきて、思わずドアに触れる寸前だった手を止めた。

「最近のお前はどこかワンマンなところが目立ち、社員たちとの関係性が良好だとは言えない。お前の提案は悪くないが、まずは社内に目を向けることも忘れるな」

「お言葉を返すようですが、社員とはコミュニケーションを取っております」

次に耳に届いたのは、君嶋社長の声。話し相手が誰なのかはわからないけれど、少なくとも社長よりも目上の人であることは間違いない。

「本気でそう思うのなら、話にならないな。今のお前は人と向き合うことを避ける傾向があるが、本当に気づいていないのか？　そうなったのはあのときからだが、いつまでも過去を引きずっていないでせめて恋人でも作ったらどうだ」

（なんの話……？　あのときって……）

会話の内容が、鮮明に聞こえてくる。ふたりの声音に力がこもっているせいなのもあるだろうけれど、よく見るとドアが少しだけ開いていた。

立ち聞きをしてはいけないと思う反面、君嶋社長に関するであろう〝過去〟という言葉が気になってしまう。

とはいえ、このままここにいるわけにもいかず、ワゴンに乗っている社長室に届けるコーヒーとドアを交互に見てはどうしたものかと悩んだ。

「その話は、今――」

「とにかく、最近は少し社内の雰囲気がよくない。それに気づいていないのなら、なおのこと問題だ。……が、今日は時間がないから、続きはまた今度にしよう」

ため息混じりの呆れ声が響き、次いで足音が近づいてきた。

立ち尽くしていた私はハッとし、慌ててこの場から離れようとしたけれど、それよりも一拍早くドアが開く。同時に、キミシマグループの代表取締役社長が現れた。

咄嗟に「お疲れ様です」と頭を下げれば、代表取締役は私を一瞥して「お疲れ様」と言いながら横を通りすぎ、エレベーターホールの方へと歩いていった。

「……真下さん？」

大きなため息が聞こえてきた直後、君嶋社長の声が背後から飛んできた。振り返った私は、平静を装い損ねた顔で笑みを浮かべる。

「ああ、そうか。ランチを頼んでいたんだったな」

十五時を迎えようとしているのに、社長はまだ昼食を摂れていないようだったけれど、今はそれよりも気まずさが勝ってしまう。

君嶋社長に「どうぞ」と言われても、踏み出した足がいつもよりも重かった。

「失礼します」

なんとも言えない空気が流れ、どんな顔をすればいいのかわからない。

私が話を聞いていたのは、社長に気づかれているだろう。

「変な話を聞かせてしまったね」

「え、あっ……すみませんっ……！　その……立ち聞きするつもりはなくて……」

「気にしなくていい。オーダーするタイミングを見誤ったこちらの責任だし、代表取締役の声はよく通るから。それに、無人なら入ってもいいとまで伝えてあったんだ」

慌てて頭を下げると、君嶋社長は特に気にしていないと言わんばかりに言い切り、ため息混じりにソファに腰掛けた。

眉間に寄せられた皺はいつもよりも深く、今日は疲労感が滲み出ている。

(でも、こんな表情もかっこいいんだよね。それなのに……)

「恋人はいないんだ……」

「え？」

怪訝そうな面持ちを向けられて、きょとんとしてしまう。その直後、心の中の呟きが声に出ていたのだと気づき、顔面蒼白になりそうなほど狼狽した。

「すみません、心の声がっ……！　じゃなくて、えっと……」

考え事を口にしていたことはもちろん、発してしまった内容が触れてはいけないそれであることは明白で、言い訳すら思いつかない。今日に限ってなぜこんなドジを踏んでしまったのか……と後悔しても遅く、社長の顔を見ることができなかった。

「いないよ」

ところが、程なくして零されたのは淡々とした声。まるで業務報告をするように紡がれた答えは、なんとも思っていないと言わんばかりに普通の口調だった。

恐る恐る顔を上げると、君嶋社長はふっと口元を微かに緩めた。微笑とは言えないほどの変化だけれど、そこに嫌悪感や不快感がないことはわかる。

私が驚きをあらわにしたせいか、社長がコーヒーに口をつけてから息を吐いた。

「恋愛も結婚もする気はない。別に今どき、生涯独身なんて珍しくもないだろう」

呼吸のついでに零したかのような言葉は、やけに冷たかった。

顔つきは普段通りの怜悧さを携え、近寄りがたい雰囲気を醸し出している。

きっと、触れてはいけない。そもそも、触れられるような関係性じゃない。

「そう……ですね」

だから、必死に営業スマイルを浮かべて頷いたけれど、君嶋社長に抱いていた恋心が行き場を失くし、胸がチクチクと痛んだ。

付き合えるかもしれない、なんて思っていたわけじゃない。カフェサロンかデリバリーでしか会えない社長への恋心に、望みなんて感じたことは一度もない。

それでも、勝手に傷ついてしまった私は、ただ笑みを繕うことしかできなかった。

「余計なことを言ったね」

自嘲めいたその声に、首を小さく横に振る。けれど、言葉はなにも出てこなくて、「失礼します」と頭を下げてこの場を立ち去った。

その夜の帰り道は、とにもかくにも浮かない気持ちだった。

聞いてはいけない話を耳にし、予期せぬ形で唐突に私の恋が終わったからだ。

せめてあと三分でも遅ければ、あんな場面に鉢合わせることもなかったはず。

自身の不運を呪いつつも、進展がないとわかり切っている恋心を持て余すよりもい い……とむりやり言い聞かせながら、とぼとぼと歩いていた。

（こういうときに、飲むぞーってなれたらいいんだけどなぁ……）

母譲りなのか、私はアルコールに弱い。父と修弥がザルなのに反し、母と私はコップ一杯のビールで酔えるような見事なまでのコスパのいい下戸なのだ。

少し考えた末、志穂ちゃんが以前おすすめしてくれたスイーツがテイクアウトできるカフェレストランの話を思い出し、ネットで検索しながら進路を変えた。

場所は駅の反対側の路地裏のようで、普段なら通ることがないルートだった。

(あれ?)

マップを確認しながら歩を進めていると、見覚えのある横顔が視界に入ってきた。

姿勢よく歩く姿は遠目に見ても洗練されていて、ちょうど目の前の十字路を通りすぎていく。咄嗟に走り出した私は、その背を追いかけて左に曲がった。

(やっぱり……! 君嶋社長だ)

路地に並んでいる店に入っていった君嶋社長の後を、慌てて追う。どうやら地下に続く階段を下りたようで、立て看板には『Bar《バー》 KandA《ケーアンドエー》』と書いてあった。

(バーだよね? ひとりで飲みに来たのかな……? 中に入るのはさすがにストーカーみたい……だよね)

社長の行き先を知ったものの、これ以上進む勇気はない。けれど、昼間の一件を引きずっているせいで、看板の前から離れられずにうろうろしてしまう。

カフェレストランに立ち寄るという当初の目的はとっくに頭から抜け落ち、早くここから立ち去ろうと考える思考とは裏腹に、足は同じ場所ばかり踏んでいた。

（いや、そもそも私、お酒はほとんど飲めないし……）

いい加減に帰ろう、とため息をつく。

「うちにご用ですか？」

「えっ⁉」

「よろしければどうぞ。可愛い女の子が来てくれると、オーナーが喜びます」

突然声をかけられて困惑する私に、ギャルソン姿の男性がにっこりと微笑む。その場で固まっていると、彼が「ぜひ」と言ってドアの方に視線を遣った。

「えぇっと……じゃ、じゃあ……少しだけ」

バーなんて、一度も入ったことがない。

友人たちと行くのは居酒屋やバルばかりだし、ほとんど飲めないから基本的に飲みに行く機会そのものがあまりないため、どこか未知の世界のような感覚すらあった。

それでも、引くに引けず階段を下り、男性が開けてくれたドアを潜った。

「いらっしゃいませ」

カウンターに立っていた三十代後半くらいの男性が、柔らかく緩めた瞳を私に向けてくる。整えられた顎髭と目尻の皺が、どことなく色気を感じさせた。

「あれ、矢場《やば》くん。買い出しをお願いしただけなのに、ナンパしてたの？」

「オーナーじゃないんですから。店の前にいたので声をかけただけです」

黒髪を後ろで結んでいる男性が、ここのオーナーのようだった。彼は、矢場くんとやらの言葉を笑顔で受け流して、「お好きなお席へどうぞ」と私を促した。

ふたりがけの黒いテーブルが五席と、半円型のカウンター席には十脚ほどのスツール。席数に対して店内は広いけれど、ギラギラしたような装飾品はない。

壁にかけられた数枚のモノクロ写真にはヨーロッパらしき街並みが映っていて、まるでシックなカフェのようなイメージを抱いた。

予想よりもフランクな雰囲気に、肩の力が抜けていく。バーなんてもっと敷居が高いのかと思っていたけれど、むしろ気軽に足を踏み入れられそうな感じがした。

「……真下さん？」

「え？　あっ……こ、こんばんはっ！」

店内をさらに見回していると、カウンター席に腰掛ける君嶋社長と目が合った。

「こんばんは」

声音は冷たくないものの、その面差しはいつも通り淡々としている。例によって眉間には軽く皺が刻まれ、仕事のときのように硬い空気を纏っていた。

「偶然ですね！」

必死に笑顔を貼りつけたけれど、社長にじっと見つめられて思わず息を呑む。嘘をついたことを見透かされてしまいそうで、すぐにいたたまれなくなった。

「ごめんなさい、嘘ですっ……！」

「え？」

「君嶋社長がここに入っていくのが見えて、ストーカーしてしまいました！」

勢いよく頭を下げ、「でも……！」と言いながら顔を上げる。

「社長を見かけたのは、本当にたまたまなんです！　だから、決して会社から後をつけたりしたわけじゃなくて……！」

（ああ、もう！　こんな言い訳したら、きっと余計に疑われちゃうよ……）

昼間に一方的に失恋したばかりだけれど、こうなった今は君嶋社長に幻滅されるに違いない。後悔と情けなさで社長を見られずにいると、ふっと息が吐き出された。

「なにもそんなに正直に言わなくても。あのまま偶然を装っていればよかっただろう」

小さく零された笑い声が、君嶋社長の声音を柔和にする。滅多に見られない笑顔にも、社長らしくない柔らかな雰囲気にも、胸の奥が高鳴った。

「君みたいな子は初めてだよ」

気を抜いたような微笑を向けられて、心臓が止まるかと思った。普段笑わない人の笑顔、しかもそれが好きな人のものともなれば、破壊力は凄まじい。

「なんだ、君嶋さんの知り合いだったんですか」

「うちのスタッフです」

君嶋社長とオーナーは親しげで、そのやり取りをぼんやりと見ていた私に「真下さん」と優しい声が寄越される。

「昼間にあんなところを見せてしまったお詫びに、一杯ご馳走させてくれないかな」

「えっ……で、でも……」

悩んだのは、ほんのわずかな時間。真っ直ぐに向けられた双眸に惹かれるように首を縦に振れば、社長が隣のスツールを引いてくれた。

「好きなカクテルは？　飲める方？」

「お酒にはあまり詳しくないですし、実はそんなに飲めなくて……。甘さがあって柑橘系でさっぱりしてるものとか、飲みやすいものがいいんですが……」

スツールに腰を下ろすと、君嶋社長が相槌を打った。

「じゃあ、チャイナブルーかファジーネーブルあたりはどう？　定番だけど、飲みやすいし軽めだから」

「お任せします」

ドキドキしながらも笑みを返せば、社長が「神田《かんだ》さん」とオーナーに声をかける。

「彼女にチャイナブルーを。あと、俺はさっきと同じものを」

オーナーは神田さんというようで、「かしこまりました」と破顔した。

「君嶋さん、よかったら奥使ってください。今夜は予約もないですし、話があるならあちらの方が気兼ねしないでしょう」

「ありがとうございます。真下さん、よければ個室に移動しないかな」

神田さんの言葉に頷くと、君嶋社長が私に選択を委ねてきた。

社長とふたりきりになるなんて、きっと緊張で間が持てない。空回って余計なことを言ってしまいそうで、不安な予感しかない。

そう思う反面、君嶋社長は移動したがっているように見えて、私は承諾した。

店内の奥に位置する個室は、四帖ほどのスペースにテーブルとふたり掛けのソファが置かれていた。必然的に肩を並べるしかなく、「どうぞ」と促されて腰を下ろす。

ネイビーブルーの革張りのソファは見かけによらずとても柔らかく、座り心地は申し分ないけれど、油断すれば体が沈み込んでしまいそうだった。

しかも、隣に腰掛けた君嶋社長との距離が思っていたよりもずっと近くて、心臓が早鐘を打つ。帰るまでに心拍数が上がりすぎて持たないんじゃないか……と考えるくらいには、余裕がなかった。

「お待たせいたしました。チャイナブルーとジン・アンド・ビターズです」

ドアがノックされて矢場さんが部屋に入ってくると、彼は社長と私の前にグラスを置き、「ごゆっくり」と人懐っこさを感じさせる笑顔で立ち去った。

これまでほとんど会話がなかったため、再び沈黙が戻ってきてしまう。君嶋社長がなにを考えているのかわからなくて、どうするのが正解なのか判断できなかった。

よく考えてみれば、社長とはあまり話したことがない。今日の昼間がイレギュラーだっただけで、普段は必要に応じた会話を交わす程度なのだ。

追いかけてきたときにはまさかこんなことになるとは思っていなかったとはいえ、勢いだけで行動したせいでなにもかもが無計画だった。

「真下さん、そんなに硬くならないで。ただ普通に飲もうというだけのことだから」

「はい……」

（いえ、社長……。私にはまったく普通じゃないんです……）

ぎこちない笑顔で頷き、声を大にしたい本音を心の中に押し込める。

「とりあえず乾杯でもしようか」

君嶋社長は困ったようにしながらも落ち着いていて、私は社長に言われるがままグラスを持ち、乾杯をした。

グラスを呷る君嶋社長に倣うように、チャイナブルーを一口飲んでみる。ライチの風味がするそれは、甘くてさっぱりとしていて口当たりがよかった。

「おいしいです」

自然と頬が綻ぶと、社長の顔に安堵が混じったように見えた。一瞬のことだったけれど、確かに表情が和らいだのだ。

親しみやすいわけでも、話しやすいわけでもない。それでも、いつもよりも少しだけ柔和な雰囲気の君嶋社長につられるように、心には喜びが芽生えてしまう。

「昼間は気まずい思いをさせて、本当に申し訳なかった。デリバリーに来ただけなのに、余計な気を遣わせてしまったね」

「いえ、そんな……」

「社長のプライベートなんて見せられても迷惑なだけだろうに」

慌てて首を横に振ると、社長が自嘲気味に口元を歪ませた。

鉢合わせたのは偶然だったとはいえ、ドアから離れて声が聞こえない位置で待つとか、秘書室に商品を預けるとか、私にできることはあったはず。

君嶋社長に謝罪してもらえるような立場にないし、少なくともあのときは仕事中にもかかわらず社長のことを知りたいという気持ちが勝っていた。

「気にするなと言われても難しいかもしれないが、昼間のことは忘れてくれ」

そう言われてしまうと、素直に頷くしかない。

身の置き場がないような気持ちの中、緊張で喉が渇いていたこともあり、勢いに任せてチャイナブルーを飲み干してしまった。

「気に入ったのなら、もう一杯どうかな？　ただ、あまりアルコールには強くないみたいだから、無理はしないで」

お酒はあまり強くないけれど、チャイナブルーはとても飲みやすく、酔っている感じもない。いつもならビール半分で熱くなり始める体にも特に異変はなかったし、なによりも少しでも君嶋社長と一緒にいたかった。

だって、こんな機会はきっと二度と訪れない、とわかっているから。

「じゃあ、お言葉に甘えて」

こうしてわがままを言うのは、最初で最後だ。

様々な想いに背中を押されるように、社長の言葉に甘えることにした――。

三、お酒は計画的に

二杯目を飲み始めると緊張が解れていき、他愛のない話までできるようになった。

話題のほとんどが仕事に関することばかりだったけれど、君嶋社長とこんな風に話せる日が来るなんて夢にも思わなかったため、幸せを噛みしめてしまう。

そのうちに現実から思考が乖離する気さえして、三杯目のカクテルを口にする頃にはなんでも訊けそうな気持ちになっていった。

「ひとつ訊いてもいいですか」

キリのいいところで確認すれば、社長が小さく頷く。

きっと、私は浮かれていたに違いない。飲み慣れないカクテルに知らず知らずのうちに酔い、そのせいで気が大きくなっていたのだろう。

けれど、今この場において自分自身を客観視することができなくて、君嶋社長に承諾してもらえたことに意気揚々としながら口を開いた。

「お見合いはされないんですか？　ほら、ドラマとかだとよくあるじゃないですか。その気がなくても、家の都合でお見合いしないといけなくなる……とか」

饒舌になったことにも気づけないほど、唇がすらすらと動いていく。

社長は意表を突かれたように一瞬だけ固まったあと、息を小さく吐いた。

「縁談はいくつかあるが、君嶋の名を欲しい人物から持ちかけられたものなんて信頼できない。受ける気はないし、そもそも興味もないな」

「政略結婚って、今でもあるものなんですね」

漫画やドラマでしか見たことがないような展開が、令和の時代になってもあるところにはあるらしい。私には無縁の代物だけれど、その中にいる女性たちは少なくとも君嶋社長の妻になる権利が与えられるかもしれないのだ。

（いいなぁ……）

「私も結婚したいなぁ」

もちろん、好きな人――つまりは、君嶋社長が相手なら……という意味だけれど。

「結婚願望があるのか」

グラスに口をつけようとしていた私は、社長の視線にわずかに動揺してしまう。心の中で呟いたつもりだったのに、どうやら声に出ていたらしい。

「えっと、それはまぁ……人並みに結婚願望はありますが……」

君嶋社長に胸の内を見透かされないように祈りつつ、曖昧な笑みを浮かべた。

周囲はまだ独身ばかりではあるものの、中には結婚秒読みの友人もいる。つい先日には従兄の結婚式に出席したばかりなのもあって、憧れがより強くなった。

「願望を持っているだけで羨ましいよ。俺は恋愛にも結婚にも魅力を感じない」

「うーん……でもそれって、いつかは気が変わると思いませんか？　私の父方の従兄は、三十歳過ぎても『絶対に結婚したくない』って豪語していましたが、あるとき出会った女性となにがなんでも結婚したくなったらしくて、スピード婚しましたよ」

出会ってから結婚するまで、半年ほどだったと聞いている。従兄の口癖もあいまって、世の中にはそんな事例もあるのか……と、親戚中が驚いた。

「それは特例だろう。そんな気持ちになれるものならありがたい限りだが、俺はあいにく頑固なところがあってね。恋だの愛だの、一年先の天気よりもどうでもいい」

最初の言葉には共感できたものの、社長が本当に恋愛にも結婚にも興味がないのだと知って、思わずため息が零れそうになった。

もともと脈はないとわかっているけれど、本当に夢さえ見られそうにない。

なんて考えていると、君嶋社長がため息を漏らした。綺麗な横顔はいつもと同じように見えるのに、その瞳には微かな憂いが混じっている。

『どうでもいい』と話した声は淡々としたものだったはずなのに、なぜだか社長が傷ついているように思えて、心と言葉が一致していない気がした。

「とはいえ、立場的にそうも言っていられないが……。いっそのこと、俺自身にも君嶋にも興味がない女性と契約でもして結婚する方がいいか、と考えているくらいだ」

ところが、次いで語られたのは、私には考えが及ばないようなこと。

「……契約結婚、ってことですか？」

「ああ、そういうことになるな。だが、その方が色々とわかりやすくていい」

驚きと戸惑いで目を丸くする私に反し、君嶋社長は顔色ひとつ変わらない。

「人の心なんて良くも悪くもいずれ変わるものだが、契約を交わすということは双方になにかしらのメリットがあるし、法的効果もあるだろう。そういう意味でも、余計なことを考える必要も、お互いに心を乱されることもなくていい」

冗談めかした語り口調に、なんてことはないとでも言わんばかりの澄ました顔。そんな人を前に、悲しい言い方だ……なんて思うのはおかしいだろうか。

けれど、グラスに落とされた社長の瞳が寂しそうにしか見えなくて、心とはちぐはぐに思える言動に切なさを覚えてしまった。

（なにかあったのかな……）

君嶋社長にそんな風に言わしめるだけの〝なにか〟が、過去にあったのかもしれない。

私は、君嶋社長のプライベートはなにひとつ知らないけれど……。少なくとも、社長と出会ったあのときは、こんな風に言うなんて想像できないほど優しくて真っ直ぐな人に見えたし、穏やかな笑みを向けてくれた。

あの日のことが真実である限り、君嶋社長の本心だとはどうしても思えない。

それでも、もしこれが今の社長の本音であるのならば、その相手になれたらいいのに……と、ずるいことを考えてしまう。

だって、私なら喜んで君嶋社長と結婚する。

社長のことはあまり知らないけれど、カフェサロンに足を運んでくれたときやデリバリーのときにかけてもらえる言葉からは、気遣いを感じられる。

笑顔で接してくれることはほとんどないものの、ただのカフェスタッフのひとりである私のことでさえきちんと名前で呼び、目を見てお礼を言ってくれる。

どれも取るに足らないようなことなのかもしれない。

それでも、私は君嶋社長のことを尊敬しているし、社長に会うだけで胸が弾む。

今こうして過ごせるのはきっと奇跡で、もう二度とない機会だとわかっている。

身の程をわきまえているつもりでいる一方で、普段は知ることのできない君嶋社長の一面を見られたことで、もっと想いが大きくなった。

「半分は冗談だ。一般的には理解しがたいのもわかっているし、酒の席での戯言だと受け取ってくれ」

（でも、半分は本気ってことだよね？）

社長は三杯目に頼んだブランデーを飲み干し、「そろそろ行こうか」と口にした。

無防備に喜べる時間じゃなかったけれど、君嶋社長の知らなかった部分を垣間見れたひとときは、私にとって嬉しいものだった。

すべてが終わってしまう前に——ただのカフェサロンのスタッフとしてしか接することができなくなる前に、社長にこの気持ちを伝えてしまいたい。

ちっとも身の程をわきまえていないと気づいた反面、最初で最後のチャンスかもしれないと思うと、どうせなら後悔を残すよりも当たって砕けてしまいたい……なんて考えていた。

亡くなった祖母の口癖だった『大切なことはきちんと言葉にしなきゃダメ』という言葉が脳裏に過り、三杯分のカクテルで鈍くなった思考を揺らす。

『花純の気持ちは、花純にしかわからないの。ちゃんと伝えなくちゃ、いいことも悪いことも相手にはわからないのよ』

（そうだよね……。告白なんて考えたこともなかったけど、今しか伝えるチャンスはないかもしれないんだよね……）

大好きな祖母の逝去は急なことで、感謝も大好きだということも伝える暇はなかった。あの砂を噛むような後悔は、今も胸に深く刻まれている。

だからこそ、背中を押された気がした。

立ち上がった君嶋社長の後ろ姿を見つめながら、大きく深呼吸をする。

「だったら、私なんてどうですか？」

「え？」

ところが、口をついたのは、用意していた言葉とはまったく違うものだった。

「えっと、その……恋人ですっ！　よければ、私なんてどうでしょうか……？」

振り向いた社長の怪訝そうな面持ちに怯みかけ、視線が泳ぎそうになる。

平静を装おうとしても声が震えないようにするだけで精一杯で、本来言おうとしていた言葉を紡ごうとしているのに出てこない。

「……真下さん、少し飲みすぎたんじゃ――」

「私なら社長に社長の条件に従います」

君嶋社長に困惑顔を向けられた直後には、わざとらしいほどの笑顔を被せていた。

自分でも、どうしてこんなことを言っているのかわからない。

「……君にメリットは？」

「一度くらい、社長みたいな素敵な人とお付き合いしてみたいなぁって」

告白するつもりだったはずなのに、私の唇は予想だにしない言葉を吐き出すばかりか、次から次へと心とは裏腹なものを声にしていく。

「期間限定の恋人で構いませんし、あとで金銭の要求なんてしません。必要なら契約書だって書きます。社長はただ、それを隠れ蓑にしてください」

脳内の私が、『そうじゃないでしょ！』と全力で叫んでいるのに。話をまったく違う方向に持っていってしまい、もう引っ込みがつかなくなっていた。

もちろん、金銭を要求しようなんて考えていない。契約書だって書いてもいい。

ただ、社長への想いは〝一度くらい〟とか〝期間限定〟なんてものでいいと思えるほど、薄っぺらいものじゃないのに……。

「……なるほど。君はそういう人間には見えなかったんだが」

侮蔑混じりの、静かな双眸。スッと温度が下がった、冷たい声色。

向けられた視線が痛くて、胸が締めつけられる。

誤解を生んだことはわかっているのに、土壇場で勇気を出せなかった私は、とてつもなく間違った道を歩んでしまったことを悟る。

自業自得だけれど、君嶋社長に幻滅されたのがひしひしと伝わってくる。せめて誤解を解きたいものの、今さらなにを言っても信頼してもらえそうになかった。

明日からはもう、自らデリバリーを請け負うことはできない……と覚悟する。

帰ったら思いきり泣くはめになるのを予感しつつも、どうにか明るい雰囲気で君嶋社長と別れるために『冗談です』と笑って言い放とうとしたとき。

「だが、まぁ……それもいいかもしれないな」

それよりも一秒早く、社長が独り言のようにごちた。

「え……？」

「ただ……どうせなら結婚しよう」

きょとんとする私に投げかけられたのは、プロポーズ。

もちろん、色気も味気も愛も皆無だったけれど……。しばらく沈黙したあとで、一気に思考がクリアになった。

「――っ、結婚⁉」

「そもそも、俺は恋人が欲しいわけじゃない。色恋沙汰に時間を割く気はないし、会長や代表取締役を納得させるためには恋人よりも結婚相手が必要でね。だから、中途半端なことをするよりも、結婚してしまった方が都合がいいんだ」

（い……いやいや……！　いくらなんでもおかしいよね!?）

周囲を驚かせた従兄のスピード婚も霞むほどの勢いで、ずっと遠くにあると思っていた結婚が急激に近づいてくる。

もしいつか結婚するときが来ても、少なくとも相手はもっと身近な人だとか、私の父のようにごく普通のサラリーマンだとか、そんな想像をしていた。

酔いが醒めた気がしたのは、ほんの一瞬のこと。

私を射抜く双眸に視界が歪むような酩酊感を抱き、あまりにも非現実的な提案を噛み砕けないまま思考がクラクラと揺れていることだけは確かに感じていた——。

＊　＊　＊

頭に鈍い痛みを感じて、小さく呻きながら眉をひそめる。重い瞼をゆっくりと開けると、見知らぬ天井が飛び込んできた。

思考は上手く働かなくて、夢なのか現実なのか判断できない。

まだぼんやりとしたまま体を起こせば、広いベッドで寝ていたことに気づき、サイドテーブルやチェストを横目に一気に頭が冴えた。

「えっ……！　ここ、どこ……？」

記憶を手繰り寄せようとしても、自分がどこにいるのかは疎か、自宅以外の場所で目覚めたことに困惑と不安を隠せない。

咄嗟に体を見下ろせば衣服の乱れはなかったものの、だからといって落ち着けるような状態でもなかった。

カーテンのわずかな隙間から覗いているのは、鈍色の雨雲。暗雲が漂う景色を前にしても、いったいどこにいるのかはさっぱりわからない。

恐る恐るベッドから下りて足を踏み出し、視界に入ったドアに手をかける。

ベッドルームの感じから、誰かの家だと思っていたけれど。

「起きたか」

廊下に立っていた人物を見て、思わず悲鳴を上げてしまいそうなほど驚愕した。

「しゃっ……!?　えっ、なんでっ……？」

君嶋社長が現れたことに対してはもちろん、どうして社長がここにいるのかわからなくて、動揺でいっぱいになる。

おろおろする私をじっと見つめた君嶋社長は、「覚えていないのか」と息を吐いた。

「昨日の夜、俺たちはバーで一緒に飲んでいたが、酔い潰れた君の家がわからなくてうちに連れてきた。俺は一時間後に家を出ないといけないから、そろそろ君を起こそうかと悩んでいたところだ」

淡々と説明されても、思考がついていかない。

「先に断っておくが、タクシーからゲストルームのベッドに運んだとき以外は指一本触れていない」

体が無事だった安堵よりも、社長に運ばせてしまったという事実に眩暈を覚える。

醜態や失態どころの話じゃない……と顔面蒼白になる私を余所に、君嶋社長は至って冷静な面持ちのまま「とりあえずリビングに行こう」と廊下の先へと促した。

三十帖近くありそうなリビングに移動して早々に、昨夜の一部始終を思い出したけれど、あまりの部屋の広さに立ち尽くすことしかできない。

どこまでが現実でどこからが夢だったのか判断できず、もしかしたら今この瞬間も全部が夢なのかもしれない……なんて思った。

半分はそうであってほしいという願望だった気がするものの、窓の向こうに広がる雨空よりもどんよりとした私の心には、不安と絶望の嵐が吹き荒れていた。

（本社の社長相手にこんなことしたなんて……きっとクビ、だよね……。それに私、すごく失礼なこと言っちゃった気がする……）

正直に言えば、すべてを鮮明に覚えているわけじゃない。記憶が曖昧な部分も多く、いつ店を出たのかも思い出せない。

とはいえ、浮ついた気持ちで告白するつもりだった挙句、それとは程遠い言葉を紡いだことはぼんやりと脳裏に残っている。

酔いが醒めて冷静になった今、なんてことをしてしまったんだろう……と大きな後悔の中で猛省するくらいには、自身の醜態を自覚しているつもりだ。

クビにされても仕方がないと思えるくらいではあるものの、せっかくKSSの系列会社で正社員になれたばかりだというのに……。

後悔先に立たず……とはよく言うけれど、今ほどそれを痛感したことはなかった。

「コーヒーにミルクと砂糖は？」

「えっ……！　あ、えっと、お願いします……」

頭に鈍痛を抱えている今、ブラックコーヒーは少しばかりきつい。慣れない二日酔いに浸るほどの余裕はないけれど、ここは素直にお願いした。

君嶋社長は、L字型のソファの傍で立ち尽くす私のもとにやってくると座るように促し、ガラス製のローテーブルにマグカップを置いた。

おずおずと端に腰を下ろし、「どうぞ」と勧められたコーヒーに手を伸ばす。「いただきます」と断りを入れてマグカップに口をつければ、飲み慣れた味が舌に触れた。

「これって……」

「カフェサロンで使用している豆だ。真下さんの好みがわからないから、これが一番無難だろうと思って」

失態を犯したにもかかわらず、思いやってもらえたことに胸が締めつけられる。上手く貼りつけられなかった笑みが剥がれ、顔が引き攣った。

きっと、幻滅されてしまっただろう。それどころか、大きな不快感を与えたに違いない。そんな風に考えては泣きたくなり、言葉が出てこなかった。

視線を彷徨わせながらローテーブルにマグカップを置けば、社長の双眸とぶつかってしまい、あっという間に逃げ場を失った。

「体調は大丈夫？」

ところが、穏やかに紡がれたのは、予想だにしなかった言葉。こんなときにまで気遣ってくれる君嶋社長を前に、こぶしをキュッと握りしめた。

「君嶋社長……！　昨日は大変失礼いたしました。失礼な言動をしてしまい、本当に申し訳ありませんでした」

緊張感を抱きながらも社長を見つめ、頭を深々と下げる。手が震えそうになったものの、なんとか最低限の謝罪だけは伝えることができた。

「頭を上げて。謝罪は必要ないし、俺は気にしていないよ」

恐る恐る顔を上げれば、君嶋社長はいつもと変わらない顔つきだった。

「ですが……」

「昼間にはこちらが気を遣わせてしまったし、一緒に飲もうと誘ったのは俺なんだから、君に責任はない」

それは少々、横暴な結論に思える。ただ、社長の気遣いを前にこれ以上食い下がるのも失礼な気がして、どう言えばいいのかわからなかった。

「顔色は悪くないし、体調も大丈夫そうだな。真下さん、本当はまったくと言ってもいいほど飲めないんだろう？　次に飲むときはしっかり自制した方がいいよ」

「申し訳ありません……」

「いや、勧めたのは俺だし、謝罪もいらないが……。女性が自力で帰れないほど飲むのは危険だし、カクテル三杯であんな風になるのなら外で飲むのはやめた方がいい」

チャイナブルーは軽めのカクテルだと、君嶋社長が昨夜教えてくれた。

ただ、いくら飲みやすかったとはいえ、アルコールにほとんど耐性がない私には、たとえ小さなカクテルグラスであっても三杯は無謀だったのだ。

「さて、あまり時間がないから本題に入ろう。昨夜の話は覚えているか？」

真剣な瞳にじっと見つめられ、思わず背筋が伸びる。クビを宣告されることを覚悟し、たじろぎながらも小さく頷けば、社長は相槌を打つように首を縦に振った。

「なら、話が早い。俺は、真下さんと契約したいと思っている」

「えっ……」

「一晩考えて、お互いが出した提案はそう悪くないと思った。もし真下さんが本気なら、俺は君に契約結婚を打診したい」

（待って……！　本題って、クビにするって話じゃなくて……そっち⁉）

困惑と動揺が押し寄せてきて、君嶋社長の言葉を冷静に処理できない。けれど、私を見据えたままの社長の瞳は、本気だと言わんばかりに真っ直ぐだった。

「で、でも……っ、結婚ですよ？　そんな簡単なことじゃないですし、さすがに突飛すぎると言いますか……。世間体とかもありますし、家族だって……」

思わず立ち上がった私に、君嶋社長が畳みかけてくる。

「非常識だとしても、お互いにメリットがあって納得できるのならなんの問題もないだろう。家族には申し訳ないが、契約結婚であることは伏せて普通の夫婦を演じればいい。俺の方はどうにかするし、君の家族にはきちんと挨拶もするよ」

社長の話は確かに聞こえているのに、理解が追いつかなかった。

斜めに向かい合っている私たちの間に、コーヒーの香りが漂っている。状況を把握できなくても、いい匂いだなと感じて、なんだか思考と五感がちぐはぐだった。

「俺は本気だよ」

意志の強そうな瞳が私を射抜き、迷いのない声音が静かに落ちていく。

「昨夜、君と話しているうちに、こうするのも悪くはないと思えた。だが、常識では考えられないことを言っているのも、自覚しているつもりだ。だから――」

頭の中はグチャグチャで理解が追いつかないのに、真摯な双眸で迷いなく話す姿から目が離せない。

「もし君がやっぱり降りると言うのなら、他の女性を探そうと思う」

けれど、最後に放たれた言葉が、戸惑うだけだった私の背中を力いっぱい押した。

(他の女性に頼む……？　そんなの……)

君嶋社長の中では、契約結婚をすることは自体は決まっているらしい。それはつまり、私が断ってしまえば、他の人と結婚してしまう……ということだ。

好きな人の傍にいられる権利が、たとえひとときだけでも手に入るかもしれないというのに……。ここでみすみす逃してしまえばどうなるのかは、想像にたやすい。

（それは嫌……！）

常識では考えられない。

けれど、きっとそんなことに囚われている場合じゃない。

だって、今の私には、選択肢が与えられているのだから。

（こんなの、おかしいってわかってる……。でも……）

私が断ったとしても他の女性が選ばれるのなら、私には迷う暇なんてない。もし、ここで〝普通〟の選択をしてしまったら、いつか後悔してしまう。

そこまで思い至ったとき、答えはひとつしか浮かばなかった。

「やりますっ……！　上手くできるかはわかりませんが……私にやらせてください」

「本当にいいのか？　成功報酬は用意するが、無理強いするつもりはないよ」

「はい……」

冷たく見えるほど真剣な目で、私の心を試すように見据えてくる。

私はそんな社長に負けじと向き直り、様々な不安に全力で蓋をするように小さな深呼吸をひとつしてから、おもむろに口を開いた。

「あなたの妻になります」

これは、君嶋社長の妻になる〝契約〟。

赤の他人でしかない私たちの間にあるのは、ただそれだけ。

ずっと片想いしていた私と違って、社長にはこれっぽっちも愛がないことは、私自身が一番よくわかっている。

それでも、差し出された常識外の契約を手に入れたかった。

普通なら、私と君嶋社長の人生が交わることなどありえない。

ところが、私のもとにはそこに踏み込むチャンスが舞い込んできたのだ。自身の失態についてや、常識や世間体がどうとか、今は気にしている余裕はなかった。

「そうか」

ふっ、と瞳が緩められる。笑顔には程遠いものの、微かに漏らされただけの淡い笑みにすら、私の心は簡単に囚われてしまう。

けれど、この恋心を悟られてはいけない。この恋に溺れることは許されない。

本当は、むりやり押し込めた不安が今にも飛び出してしまいそうで、いつか傷つくかもしれない未来を予感している。

傷ついてもいい、なんてかっこいいことは言えない。

ただ、目の前にいる社長の優しい笑顔が今でも忘れられなくて、またあんな風に笑ってほしいと思う。

四年前、晴れの日にふさわしくない大雨の中で向けられた柔和な瞳は、あの日からずっと私の脳裏に焼きついている。

今朝は、奇しくも雨。これからの未来が泥だらけの道であっても最後まで歩いていこう……と、私はひとり密かに心に留めた――。

四、予想外の展開　Side 創

『あなたの妻になります』

数時間前に記憶に深く刻まれたのは、不安を隠した可愛らしい声。

笑顔が似合う大きな二重のアーモンドアイは、まるで揺るがない意志を見せつけるように凛としていた。

華奢な体に似合わずテキパキと動く彼女は、初めてカフェサロンで見かけたときからよく笑う女性だったが、今朝は一度も笑みを見せなかった。

なぜ、あんな提案をしたのだろう。

冷静になって考えた上で出した結論だったつもりだが、ふとそう思ってしまう。

色々なことが重なったせいか、酔えもしなかったアルコールのせいか、ほんの一瞬投げやりになったせいか……。すべてが原因であるようで、どれも違う気がした。

支離滅裂な自身の言動にため息をついたとき、社長室のドアがノックされた。

「社長、さきほどの会議の議事録を転送いたしました。それから、来秋に発売予定の新作のスニーカーのカラーデザイン案が上がってきました」

社長室に入ってきた第一秘書の小野寺《おのでら》に、議事録を確認したことを伝えつつ、「見せてくれ」と言ってデザイン案を受け取る。まだラフの段階ではあるが、色が入ったことにより鮮やかになり、良くも悪くも細かな点まで目についた。

「カラーバリエーションですが、『三色展開でもいいのではないか』という声もあるそうです。こちらはまた、明日の会議でご確認ください」

「三色なんて話にならないな。五色展開でも少ないくらいだが、コスト面で言えばそれくらいが妥当だろう」

小野寺は頷きつつタブレットを操作し、明日のスケジュールを確認していく。

優秀な彼は、いつも冷静沈着で信頼も置ける。

きっちりと整えられた髪や上品に着こなしているスーツからは隙は見えないが、真面目な口調の中には適度な柔らかさがある。そのため、人当たりもよく、秘書室のスタッフからも頼りにされていた。

「ところで、社長。本日は朝から少々お疲れのようでしたが、体調を崩される前に仕事を切り上げてご帰宅なさってください」

しかも、俺のことをしっかり見てくれているのだから、本当にできた秘書だ。

「ああ、もう少ししたら帰るよ」

「その顔はまだ帰る気がありませんね。昨夜はあまり睡眠時間を取られていないのだと思いますが、今夜はしっかり休養をお取りください」

「わかっているよ」

「いいえ、わかっておられません。社長はすぐに睡眠時間を削られますが、食事と睡眠は人間の基本です。KSSの国内事業部の取締役社長が不健康な生活を送られては、キミシマの面目が丸潰れでしょう」

小野寺はまだ四十路だというのに、目敏く説教くさい節がある。俺との年齢差で言えば兄弟くらいなのだが、どうにも父親目線で見られている気がしてならない。

「わかったわかった。もう帰るよ」

「ご自宅で遅くまで仕事をするのなら、まったく意味はありませんからね」

残りの業務は帰宅してから片付けようと思ったが、小野寺はそれも見透かしているらしい。ため息混じりに頷けば、彼が「きちんと寝てくださいね」と念押ししてきた。

港区《みなと》南青山《みなみあおやま》にある、六階建ての低層階レジデンス。

「おかえりなさいませ、君嶋様。本日はこちらをお預かりしております」

「ありがとう」

コンシェルジュが常駐しており、セキュリティやサービス面では申し分がなく、広々としたエントランスや共有スペースには絵画やグリーンが飾られている。

ワンフロアに二部屋ずつしかなく防音になっているのも気に入ったが、なによりもKSS本社へのアクセスのよさがここを選んだ一番の決め手だった。

エレベーターで六階に上がり、カードキーでドアを開ける。センサーライトに照らされた大理石の上で靴を脱ぎ、リビングに直行した。

ネクタイを緩めながら、コンシェルジュから手渡された封筒を開封する。

クリップで留められた数枚の用紙の一枚目には、『調査報告書』と書かれていた。

KSSのカフェサロンのスタッフである真下花純と契約結婚をすることに決めたのは、まだ今日の朝日が昇り始めた頃だった。

昨夜、たまたま行きつけのバーで鉢合わせ、話の流れでそうなるに至った……と言うと少しばかり語弊があるが、とにかく彼女は俺の突飛な提案を呑んだのだ。

とはいえ、相手のことはなにも知らないと言えるほどに接点はなく、これまでただのカフェスタッフとしてしか接してこなかった。

そんな真下さんのことを疑っているわけではないが、さすがに最低限のことは調べようと思い、KSSで管理している個人情報をもとに専門業者に調査を依頼した。

急を要することは伝えたものの、まさか半日ほどで調査結果が手に入るとは思わなかった。もっとも、依頼した調査内容は家族構成や学歴、借金の有無といったことだけのため、プロの手にかかればなんてことはなかったのかもしれない。

現状、俺が調べておきたかったのは履歴書と相違がないか……ということだけであり、あとは本人から訊くつもりでいる。

正直に言えば、なにも非がない真下さんのことをこうして調べるのは忍びなかったし、申し訳程度にしかないと自負している良心が痛んだ。

それでも俺の立場上、これくらいはきちんと裏を取っておかなければいけない。

彼女の身元が確かであることに安堵を抱き、同時に今朝からずっと気になっていた疑問がいっそう大きくなった。

(……やっぱりわからないな)

真下さんは昨夜、『一度くらい社長みたいな人とお付き合いしてみたい』と言った。

けれど、日頃の彼女の態度からはそういった雰囲気は一切なく、身につけていたものはどれを取っても華美ではない。バッグや腕時計からは高級品を好むようには窺えなかったし、バーでの言動を思い返してもブランド志向にも見えなかった。

昨夜のやり取りや二十四歳という年齢的なことを考えても、現状では結婚願望はあるが結婚に焦っている……というわけでもないだろう。

そういった理由から、真下さんが口にしたことがどうしても本音だとは思えなかったのだが、俺の思い過ごしだったのだろうか。

真面目で誠実な彼女しか知らないため、勝手に美化していたのかもしれない。

どちらにしても、互いの内面は疎か、趣味嗜好すらもろくに知らない。

それでよく契約結婚なんて持ちかけたものだな、と自嘲混じりの笑みが零れたが、一方で〝結婚〟というものがそれほどまでに俺を悩ませているものでもあるため、こうなったのかもしれない……とも思う。

ただ、もう後戻りする気はない。もし真下さんの気が変わり、彼女がこの件を反故にしたいと言うのなら、早急に別の女性を探すまでだ。


こうすることを後押ししたきっかけは昨日の午後、グループの代表取締役社長である父に、新たな企画の構想を伝えたことだった。

現在、KSSの国内事業部では、カフェサロンの新規開拓を考えている。

今はまだ、都内の数店舗を除けば大阪《おおさか》・名古屋《なごや》・福岡《ふくおか》の中心部にしかカフェサロンは展開できておらず、全国展開しているKSSフィットネスクラブすべてに店舗を併設するに至っていない。

そもそも、カフェサロン事業の経歴はまだ浅く、五年前に本社ビルの隣に本店である第一号店を出し、三年かけて都内に店舗を増やしていった。その後、大阪と福岡にもオープンしたが、名古屋に至っては昨年末に展開したばかりである。

純利益も各地で大きな差がある上、都内の一部の店舗では赤字月があり、名古屋の収益も当初の見込みよりも低い。

現段階ではカフェサロン全体の利益は出ているし、この数年で業績が悪化するようなことはないだろうが、大きな利益を生み出す本店に続く店舗はまだ少ないのだ。

そこで、まずはもっとカフェサロンの魅力を認知してもらうべく、『新たな店舗を出すのではなく、別の方法でアプローチしたい』と代表取締役に話をした。

具体的には、『コンビニなどとタイアップし、カフェサロンで人気のメニューやテイクアウトしやすいメニューの一部を全国で手に取れるようにする』というもの。

カフェサロンが併設されていないジムの会員からも『カフェを利用したい』という声は多く、コンビニで手に取れるようになればＫＳＳに縁のない人たちにも試してもらいやすい。

コスト面や商品化をすることに対する問題もあるが、今後さらにカフェサロンを展開していく上で、まずはもっと認知してもらうのが優先事項だと考えたのだ。

ところが、代表取締役からの返答は芳しくなく、さらには恋人や結婚について言及される始末。しかも、国内事業部の社長として力量不足だ……と見られたようだ。

三年前に二歳上の兄――渉《わたる》が結婚してから、俺に対する結婚への圧力が強くなり、たびたび縁談話が持ち上がっていたが、結婚する気がない俺はかわし続けてきた。

今どき、生涯独身を貫く人間なんて五万といるし、珍しくもない。派手に遊ぶことには興味はないが、必要なら恋人を作ることもそう難しくはないだろう。

ただ、どうしたってその気にはなれなかった。

(さすがにもう、引きずっているつもりはないんだが……)

息を深く吐き、雨粒を滑らせる窓を見遣る。

朝から降り続けている雨は、まだしばらくはやみそうにない。雑音のように押し寄せる雨音が、あの夜のことを思い出させた――。

＊　＊　＊

俺には以前、大切な恋人と親友が〝いた〟。

幼い頃から君嶋と関わりを持ちたがる大人たちにもてはやされて育ってきた俺は、物心つく頃にはどこか斜に構え、物事を穿った見方をするような子どもだった。

しかし、大学卒業間近にたまたま訪れたダーツバーで同い年の岩倉大毅《いわくらだいき》と出会ったのを機に、少しずつ変わっていった。

人懐っこく裏表のない岩倉は、仲良くしていた友人たちに対する態度と同じように俺ともフランクに接し、あっという間に俺が作っていた壁を壊した。

俺になにかを求めるわけではなく、ごく普通にファーストフード店や居酒屋に誘ってきては割り勘で食事をし、一杯のビールを賭けてダーツで勝負したこともある。

岩倉と過ごす間はどこにでもいる普通の大学生になれたようで、とても居心地が好かった。それから半年ほど経った頃、岩倉から幼なじみである有働麻耶《うどうまや》を紹介され、彼女ともときどき時間を共有にするようになった。

麻耶もまた、自然体で飾らない女性で、俺がKSSの後継者だと知っても『そうなんだ』とからりと笑っていた。明るい彼女は、俺に対しても普通の友人として接し、岩倉と同じように君嶋とは関係のないところで俺自身を見てくれた。

それがとても嬉しく、岩倉と麻耶への信頼は日に日に大きくなり、ふたりと過ごす時間が俺にとって安らげるひとときだった。

そして、四年ほどが経った頃、彼女から告白をされて付き合うことになった。

岩倉は俺たちのことを祝い、行きつけの居酒屋でご馳走してくれた。割り勘ではない岩倉との食事は初めてで、どことなく心がくすぐったかった。

多忙を極める日々でも公私ともに順調で、三年近く付き合っていた麻耶が婚約者になったのは、ちょうどカフェサロンを他府県に展開しようという頃だった。

岩倉はもちろん、彼女とも会う時間は減っていき、プライベートの時間がろくに取れないまま過ごす日々は苦しくもあったが、当時はなによりも仕事を優先していた。

それでも、俺たち三人の関係は変わらないと信じて疑わなかったのに……。

『ごめん……。創とはもう一緒にいられない……』

久しぶりに岩倉と麻耶と会った日、岩倉の目の前で婚約指輪を返されてしまった。

動揺しつつも理由を訊くと泣き出した彼女は、俺への不満と鬱憤をぶちまけた。

『創は変わった……。忙しいってわかってたけど、連絡もくれなくなった。話がしたくて電話をしたときだって、ゆっくり話す時間すら取ってくれなかった……っ！』

『それは……。確かに、今はカフェサロンの件で仕事に追われているが、話があるならちゃんと聞くよ。だから――』

『私、二か月前に仕事を辞めたの。職場でずっとパワハラに遭ってて、仕事に行くのが怖くなって……。三か月前に職場に向かう電車の中で倒れたの』

『待ってくれ。そんな話、一度も……。どうして相談してくれなかったんだ？』

『あなたが話を聞いてくれなかったんじゃないっ……！　電話したっていつもまともに話す時間はないし、メッセージだってなかなか返ってこない。そんな状態で、相談なんてできるわけがないでしょう⁉』

『麻耶、俺は――』

『でも安心して。あなたの代わりに、大毅がずっと支えてくれてたの』

謝罪すら紡がせてもらえずに、冷たい声が落ちる。

そこでようやく、この場で別れを切り出された理由を理解した。

遅れてきた麻耶が、今夜はどうして俺ではなく岩倉の隣に座ったのか……。彼女を心配そうに見つめていた岩倉が、なぜ俺とは一度も目を合わせなかったのか……。

それらの答えにたどりついた瞬間、目の前が真っ暗になった。

麻耶が苦しんでいたときに寄り添えなかったことも、どこかで気づけたはずの彼女のＳＯＳを見落としてしまったことも、仕事を優先していたのも、すべて俺が悪い。

そう思う一方で、やるせなさが押し寄せてきた。

岩倉は友人で、麻耶は婚約者。ふたりとも、信頼の置ける大切な存在だった。

けれど今は、岩倉のことも彼女のことも直視できず、自身の非を認めているはずなのに〝また裏切られた〟という気持ちが芽生えた。

『君嶋……。本当にごめん。でも、俺――』

『いや、いい……。謝るな。悪いのは俺なんだ』

自分でも驚くほど抑揚のない声が零れ、ごく自然と嘲笑が浮かんだ。

(……大丈夫だ。こんなこと、昔は日常茶飯事だっただろう)

君嶋の名前を目当てに俺に寄ってくるのは大人たちだけでなく、学友の中にも何人もそんな者がいた。頭の片隅では結果をわかっているのに彼らを信じ、そのたびに上辺だけの関係だったことに愕然としたことは数え切れない。

(その回数が、ただ一回増えただけ……じゃないか)

自業自得なのに傷ついたなんて、知られたくない。なによりも、自身の非が招いた現状を、岩倉と麻耶のせいにしたくはなかった。

それでも、ふたりが大切だったからこそ、〝裏切られた〟と心が叫ぶ。

『おめでとう。……だが、もう二度と会うことはないな』

虚勢を張るのも、笑顔を貼りつけるのも、幼い頃からお手の物だ。

今夜だけは長く保てそうになくて早々に立ち上がり、麻耶と付き合ったときにご馳走してくれた岩倉への借りを返すように伝票を持ったとき。

『創は、私のことなんて……どうでもよかったんでしょう』

俯いたままの彼女が、膝の上でこぶしを握りながら小さく吐き捨てた。

『創は冷たい……。子どもの頃から冷めてたって本当だったのね。私のことなんて、ちっとも見てくれてなかった……。あなたみたいな冷たい人は誰も愛せないし、誰も幸せにできない！　あなたには人を愛する資格なんてないんだから……っ！』

『麻耶！』

力強く言い切った麻耶が、岩倉の声を振り切るように勢いよく顔を上げる。

瞳に涙を溜めて俺を睨みつける麻耶は、俺の前でいつも見せていた笑顔を失くし、ただただ憎しみに満ちていた。それほど傷つけてしまったという罪悪感と、彼女に投げつけられた言葉に、胸が張り裂けそうだった。

『きちんと大切にしてやれなくて悪かった……。岩倉ならきっと、俺と違って麻耶を大事にしてくれるよ』

眉を寄せて微笑めば、麻耶が涙をぼろぼろと零した。

こんな風に傷つけるつもりなんてなかった。寝る間も惜しんでがむしゃらに働いていたのは、ＫＳＳを背負う覚悟の中に彼女との未来を描いていたからだ。

それが言い訳にもならないと気づいた今、これ以上かける言葉なんてなかった。

泣きじゃくる麻耶と、彼女に寄り添う岩倉。ふたりの姿を目に焼きつけるように数秒間見つめたあと、奥歯を噛みしめながらひとりその場を離れた。

心に深く突き刺さった麻耶の言葉を、大きな罪悪感とともに抱えて――。

＊　＊　＊

気がつくと、雨足はいっそう強まっていた。

（あれからもう二年か……）

麻耶から別れを告げられた夜も、雨だった。あの日、なじみの居酒屋を出たあとで店に傘を忘れたことに気づいたが、取りに戻る気にはなれずにずぶ濡れで帰宅した。

あのときはシャワーを浴びながら自嘲混じりの笑いが止まらなかったな……と思い出す。なにも気づけなかった自分自身に、人生で一番腹が立った夜だった。

婚約後にはまだ互いの両親には会っていなかったが、彼女との関係を伝えていた家族に婚約破棄のことを黙っておくわけにもいかず、数日後に報告した。

理由は伏せたが、のちに祖父が秘書を使って事情を調べ上げたらしく、両親にも伝わったようだった。

以来、結婚どころか恋人すら作る様子がない俺に、父は次第に焦れていき、今では面と向かって過去のことに触れられ、『恋人を作れ』とまで言われる始末。

見合い話も年々増え、そろそろかわすのにも限界を感じている。

別に、政略結婚を強いられているわけではない。

祖父母は時代もあり政略結婚だったが、両親と兄は恋愛結婚で、俺が麻耶と婚約したときも賛成してくれていた。

ただ、祖父は会長としては改革にも積極的なタイプではあるものの、同時に古い考えも持っているところがあり、『後継者になるつもりがあるのなら、家庭を持つことが最低条件だ』などと言う。

兄は今後も海外にいることを望んでいるため、いずれは俺を後継者に……と考えてくれてはいるようだが、会長も代表取締役もこのままでは頷いてくれないだろう。

パーティーなどでパートナーがいた方がいいというのもわかるが、この考え方だけは改めてほしい……と何度思ったかわからない。

そうした中で真下さんからあんな提案が出たとき、これは渡りに船なのかもしれない、と一瞬だけ感じてしまった。

本人にしてみれば酔った勢いもあったのだろうが、俺にとって契約結婚の話はあながち冗談ではなかった。しかも、彼女は真面目で信頼の置けるスタッフであり、互いにメリットがありそうなところも踏まえ、すべてが型にはまった気もした。

日本では、今や三組に一組は離婚するような時代だ。身も蓋もないが、愛を誓い合っても別れるのなら、最初からわかりやすく契約を交わす方が効率がいい。

家族や周囲の人間を騙すことにはなるものの、〝最終的に離婚する〟という意味では結果は同じだろう。契約結婚であることは本人たちの中だけで片付けてしまい、それを墓場まで持っていけばいいだけの話だ。

真下さん自身が本当に納得してくれさえするのなら、双方が望むメリットがあるのだから、彼女に対して罪悪感を抱く必要だってない。

生活面はきちんと保障するし、成功報酬も用意するつもりだ。もちろん、契約満了後にカフェサロンをクビにしようなんて考えてもいない。

明日は改めて、この件について話し合う約束を取りつけている。

真下さんには『降りるなら他を当たる』という風に告げたが、降りしきる雨を見つめながら彼女の気が変わっていないことを願っていた――。

二章　契約妻の役割

一、気分は詐欺師……？

「食べないのか？」

「い、いえ……。いただきます」

ＫＳＳの本社から程近い場所にある、外資系ホテル。

まばゆい夜景を横目に問われ、私は緊張を隠せないまま但馬《たじま》牛のフィレ肉のステーキを小さく切り分け、口に運んだ。

緊張で咀嚼するのがつらかったけれど、柔らかいお肉は口腔でとろけるように解れていく。ソースもとてもおいしくて、思わず感嘆混じりの本音が零れた。

「おいしい……！」

「それはよかった。遠慮せずに食べるといい」

同じものを食している君嶋社長が、いつも通りの様子で話す。あまりにも落ち着いている社長を前に、この場にいる理由がわからなくなってしまいそうだった。

（一昨日と昨日の話は夢じゃない……よね？　でも、社長は別に普通だし……）

昨日の朝、現実味がないまま帰宅した私は、慣れない二日酔いに負けて仮眠してしまい、起きたときには全部が夢だったんじゃないか……と思った。

けれど、スマホには君嶋社長からのメッセージが届いていて、今夜このホテルのラウンジで待ち合わせようという内容が書かれていた。

そして、待ち合わせ時刻の三十分前に到着していた私は、その二十分後に現れた社長にスイートルームに誘われて今に至る——というわけだ。

「ホテルの部屋ですまない。外だと誰に聞かれるかわからないから、この方法が一番安全だと思ったんだ」

どう答えていいのかわからなくて、首を小さく横に振る。

君嶋社長とこうして会えるなんて、私にとっては奇跡のようなこと。それに、ホテルのスイートルームなんて初めてで、緊張は解れないものの少しだけ嬉しかった。

ルームサービスで取ってくれた料理もとてもおいしいし、私にはもったいないくらいの出来事だ。

正面に社長がいると思うと、ゆっくり味わう余裕はないけれど……。

リラックスとは程遠い状況ながらも、君嶋社長とはぽつりぽつりと他愛のない会話を交わし、デザートのマチェドニアまで完食したところで社長が息を吐いた。

「本題に移ろうか」

緊迫感を抱き、背筋を伸ばす。「はい」と返せば、君嶋社長が小さく頷いた。

「まずは、君の意思を再確認させてほしい」

しっかりとした口調が、静かな部屋に落ちていく。

「あれからずっと、俺は君との結婚について考えていた。俺の気持ちは昨日の朝に話した通りだ。一日経った今、君の答えは変わっていないだろうか？」

社長の声で紡がれた〝君との結婚〟という言葉に、鼓動が跳ねる。ついドキドキしてしまったけれど、そこに愛はないと思い直すことで浮かれそうな心を制した。

私の様子を窺うような瞳が、真っ直ぐに向けられる。心の中を探ろうとする視線に一瞬だけたじろぎそうになりつつも、膝の上でキュッとこぶしを握った。

「はい」

これだけで私の意思は伝わるだろうか。脳裏に不安が過り、慌てて補足する。

「私の気持ちは変わっていません。君嶋社長が出される条件に従いますし、私にできることはなんでもさせていただきます」

「君は、『一度くらい社長みたいな人とお付き合いしてみたい』と言ったな。それはつまり、『贅沢な生活がしたい』と認識すればいいのか？」

君嶋社長のあけすけな質問に戸惑ったのは、そんなつもりは毛頭ないからだ。裕福な暮らしに憧れはあるけれど、社長とはそういう理由で結婚したいわけじゃない。

ただ、君嶋社長が私の本心を知ったら、きっとこの件はなかったことになる。

恋愛にも結婚にも魅力を感じない社長にとって、私の想いは邪魔なものでしかないはず。それをわかっているからこそ、私の答えはひとつしかなかった。

「そう思っていただいて構いません」

「……そうか」

きっぱりと言い切ったのに、君嶋社長の表情にはどこか怪訝さが滲んでいた。

よく考えてみれば、『贅沢な生活がしたい』なんて傲慢で欲深い人間だと思われるだろう。普通なら、そう捉えるに違いない。

（君嶋社長にそんな風に思われたくない……。でも……）

とはいえ、他にどう言えば自分の想いを隠して社長を納得させられるのかわからなくて、視線を伏せてしまった。

「まぁ、俺としてはその方がわかりやすくていい。君が望むような生活を保障できるかはわからないが、できる限り希望に沿うようにしよう」

「ありがとうございます……」

好きな人にマイナスなイメージを持たれてしまったことが悲しい。それでも、これは私が決めたことだ。

なにより、こんな形でもなければ、私はこうして君嶋社長と会うことも叶わない。複雑な気持ちを抱え、手放しで喜べるような状態じゃない。それでも、社長の傍にいられるのなら……と、様々な感情をグッと飲み込んだ。

「契約結婚をする以上、一定のルールと意思のすり合わせは事前に必要だろう。ひとまず契約書代わりに簡単なものを用意してみたから、読んでもらえないだろうか」

差し出されたファイルを開けば、文章がしたためられていた。

【基本的に家では各々自由に過ごし、互いの生活には極力干渉しない】

【外では円満夫婦を演じる】

【君嶋創は、真下花純の生活の一切を保障する】

【期間は三年とし、契約満了後はこれまで通りの関係となる】

【この件は決して他言しない】

「三年……」

てっきりずっと結婚生活を送るのかと思っていた私に反し、君嶋社長は明確な期限を提示してきた。だから、社長は契約結婚なんていう提案ができたのかもしれない。

「一般的にどうかと問われればわからないが、三年も結婚生活を送れば会長と代表取締役を納得させられると思う。もし無理でも言い訳はなんとでも考えるし、俺としてはとにかく〝結婚していた〟という事実があればそれでいい」

君嶋社長いわく、まずは周囲に結婚しているという事実を見せたいのだ……と。

「三年後、君は二十七歳だろう？　君には結婚願望があるようだし、次の結婚に向けて行動するのなら少しでも早いに越したことはない。俺との離婚後は、本当に愛し合える人と結婚すればいい」

まだ籍も入れないうちから他の人との結婚をほのめかされて、胸が痛んだ。

社長は、私の今後を思いやってくれているだけなのかもしれない。けれど、あまりにも淡々と事が運ぶことに、心には陰りが落ちていく。

きっと、これが契約結婚をする——ということなんだろう。

こんなことで傷ついていたら、この先が思いやられる。それに、君嶋社長への恋心がばれないためにも、私は笑顔で承諾するしかないのだ。

「お気遣いいただき、ありがとうございます。契約内容はこれで充分です」

「生活してみないとわからないこともあるだろうから、細かいことや気づいたことは追い追いすり合わせていこう。それと、成功報酬は三千万ほどでどうだ？」

「えっ⁉」

「最初に話していただろう？」

不思議そうにする社長に、驚愕しつつも慌ててかぶりを振る。

「い、いえっ……！　生活を保障していただけるんですから、成功報酬なんて……」

「そうはいかない。君の三年を奪うことになるし、戸籍も傷つけるんだから。もっとはっきり言うと、口止め料も兼ねていると思ってほしい」

君嶋社長にとって、これはあくまで契約のひとつ。こうする方が安全でわかりやすい、ということなんだろう。

「……わかりました。ですが、金額については考えさせてください。三千万円に見合う働きができるのかはわかりませんし、現状では額面が大きすぎて……」

「判断しかねる、か」

戸惑いがちに頷けば、社長が微かな苦笑を零した。

「すまない、少し急ぎすぎているな。確かに、昨日の今日でまだ戸惑いもあるだろうし、すぐに判断できなくても当たり前だ」

納得してもらえたことに、ホッとする。

そもそも成功報酬が欲しいとは思っていない以上、今後も戸惑いは消えないと思うけれど、少なくとも私にとってはこの場で判断できるような金額じゃない。

ずっとプチプラばかりを愛用してきた私は、五千円の服を買うのだって悩むくらいなのに……。提示された額はあまりにも桁が違いすぎて、判断のしようがなかった。

「仕事はどうしたい？　結婚して名字が変わると同僚から追及されるだろうし、贅沢な生活がしたいのなら一度辞めてしまうか？」

「あの……できれば、このまま続けさせていただきたいんですが……」

「離婚後のことを考えているのなら、気にしなくていい。君ひとりを再雇用することくらい、俺の方でどうにかできる」

「いえ、そうじゃなくて……。私、ＫＳＳが好きなんです。カフェスタッフの代わりなんてすぐに見つかるでしょうが、私なりに仕事に誇りを持っているつもりなので」

ふっと、瞳が緩められる。優しい笑みを向けられて、鼓動が高鳴った。

「そうか」

滅多に笑わない君嶋社長が、ただ微笑むのではなく笑ってくれた。それが嬉しくて、柔らかな眼差しにドキドキして、社長から目が逸らせない。

「あとは、お互いの両親への挨拶と顔合わせか」

一方で、君嶋社長の頭の中には次の問題が浮かんでいるらしく、息つく暇もなく話が進められていく。

結局、すべての話し合いが終わる頃には日付が変わっていた。

「これからよろしく」

差し出された手を、戸惑いがちに両手で握る。骨張った大きな手に胸がきゅうっと締めつけられ、ずっと落ち着かなかった拍動がいっそう大きくなった。

「君嶋社長のお力になれるよう、精一杯頑張ります」

「そんなに硬くなる必要はない。だが、三年後の円満離婚に向けて、俺も不甲斐ない夫にならないように尽力するよ」

〝三年後の円満離婚〟という言葉に、切なさが突き上げてくる。

理想とは程遠い、甘さも幸せもない契約結婚。それを重ねる三年間で、私はどれだけ傷つくのだろう。

それでも、君嶋社長に恩返しがしたい。

社長はもう覚えていないだろうけれど、もしこれが神様が与えてくれたチャンスなのだとしたら、四年前の恩を返すためにも精一杯尽くそうと思う。

そして、君嶋社長への想いは封印しなければならない。三年間、私は夫となる人すらも騙さなければいけないのだ。

その覚悟を決めれば、胸の奥が鈍い音を立てて軋んだ気がした――。

＊　＊　＊

暑さ厳しい、七月上旬の日曜日。

皇居から程近い老舗料亭の個室に揃った面々は、それぞれに緊張と不安、はたまた喜びといった感情を抱えているようだった。

前者をあらわにしているのは私たち真下一家で、普段は和気藹々と会話を交わすのが嘘のように全員が借りてきた猫のごとく大人しい。

反して、嬉しそうにしているのは君嶋社長の両親――つまりは代表取締役社長と社長夫人だ。

おふたりには先日すでにお会いしているけれど、あまり上手く話せなかった。君嶋社長がフォローしてくれなければ、早々に墓穴を掘っていたかもしれない。

「結婚式はしない？」

そんな状況下で、鹿威しの音の合間に地を這うような声が響いた。

肩をびくりと強張らせた私の隣で、君嶋社長が「はい」と頷く。不満げな声を漏らしたのは会長で、社長はすぐに続けた。

「正式には、結婚式をしないのではありません。籍を先に入れたいので、式は落ち着いてから挙げようと思っています。花純はまだ若いですし、式場も色々と見て回りたいでしょうから、ふたりでゆっくり話し合って決めようかと」

「だが、あまり遅くなるのは……」

「ええ、もちろんです。一、二年後にはきちんと挙げます」

滔々と話す君嶋社長の様子は、演技じみたところはなく堂々としている。

「真下さんはそれでよろしいのですか？」

「えっ、ええ！　結婚式の件については、先日も創さんがきちんと説明してくださいましたので、それはもう……！」

会長の鋭い眼光に、父が動揺に塗れた顔で何度も首を縦に振った。

母も相槌を打つようにしていたけれど、修弥だけは呑気に料理を味わっている。

君嶋社長が私の実家に挨拶に来てくれてから三週間、両親は未だにこの結婚に半信半疑なのかもしれない。あの日から今日まで、何度も確認の電話があったほど。

それがあながち間違いではないから、私は結婚詐欺師にでもなった気分だ。

「ですが……その……うちのようなごく普通の一般家庭の娘が、あのキミシマグループに嫁がせていただいてもよろしいのでしょうか……？」

不安げな父の声に、水を打ったようにこの場がしん……と静まり返る。

「あ、いえっ！　誤解しないでいただきたいのですが、私どもはこの結婚に異論はありません。花純が幸せになれるのであれば、それだけで充分だと思っております」

緊張混じりに、けれどしっかりとした口調で語る父は、私のことを心底心配してくれているのだ……とわかる。

私はそれを踏みにじって契約結婚をしようとしている、親不孝な娘なのに……。

「親バカですが、花純はとても真っ直ぐな子ですし、どこに出しても恥ずかしくないように育ててきたつもりです。しかし……」

父の思いを聞けば聞くほど、罪悪感が大きくなる。自分の選択が大きく間違っているように思えてきて、心が揺れそうになった。

「キミシマグループを担う創さんと一緒になるということは、普通の結婚以上の困難があるかもしれません。これまでの生活とは一転し、私どもにはわからない苦労もあるでしょう。ですから、せめて家族だけでもふたりの味方であってほしいのです」

両親は会長を真っ直ぐに見つめ、料理を堪能していたはずの修弥までもがその手を止めて真剣な面持ちになっている。

（みんな、すごく心配してくれてるんだ……。それなのに、私は……）

大切にしてくれている人たちの気持ちを無下にして、偽りの結婚をしようとしているなんて……。やっぱり、間違っているんじゃないだろうか。

「ご安心ください」

迷いが生じ始めたとき、会長の柔らかい声が響いた。

「私も妻も、そして創の両親も、ふたりの結婚を喜ばしく思っております。創は誰に似たのか仕事人間で、人付き合いが上手くありません。しかし、物事を見る目は養わせたつもりです。そんな孫が選んだお嬢様ですから、信頼しております」

先日お会いした君嶋社長のご両親は、確かにとても好意的だった。

おふたりとも、どこの誰ともわからない私に優しくしてくださり、お父様は社長室で君嶋社長と話していたときと同一人物には思えないほどだった。

「創はまだまだ未熟ですが、それも踏まえた上でふたりのことは君嶋家としても全力で支えていくつもりです。花純さんが戸惑うこともあるでしょうが、創が苦労をさせぬよう精進するでしょう」

そして、おじい様とおばあ様も同じ思いらしく、会長の厳格そうな雰囲気はすっかり和らぎ、穏やかな表情を見せている。

隣に寄り添う会長夫人も柔和な笑みを浮かべ、大きく頷いて見せた。

「結婚式の件は、ふたりの意見を尊重しましょう」

会長はそう言うと、私を真っ直ぐ見つめた。

「花純さん」

「は、はい……！」

「困ったことがあれば、いつでも頼ってください。その代わり、創のことを支えてやっていただきたい。それが、創の祖父としての願いです」

「……っ！」

全員の視線が私に注がれ、迷いがいっそう大きくなる。

ここで頷いてしまえば、もう本当に引き返せない。

覚悟を決めたつもりだったのに、当たり前のように与えられる優しさを踏みにじることが怖くなった。

（こんなの、やっぱり……！）

「あっ……あの――っ⁉」

口を開いたとき、左手を摑まれた。

テーブルの下で大きな手に握られた私の手が、君嶋社長の体温に包まれる。弾かれたように左隣を見上げると、真っ直ぐな双眸が私を見つめていた。

社長はまるで、私の迷いを見透かすように、その手にギュッと力を込めた。

骨張った手から伝わる力は、決して痛みを感じさせない。

ただただ、私の心をそっと包み込むように優しく、それでいて背中を押すための激しさを秘めた眼差しが向けられている。

（……ここで引き返すわけにはいかないんだ）

君嶋社長との契約は、もう始まっている。

今さら反故にするくらいなら、最初から社長の提案に頷いてはいけなかった。

こうすることを決めたのも、今日ここに来たのも、すべて自分自身が選んだこと。

（お父さん、お母さん、修弥……ごめんね）

大切な家族と、優しい君嶋家の人たちを裏切るのは、心が痛む。それでも、私はもう君嶋社長の傍にいることを選択し、社長の妻になる覚悟を決めたはず。

契約のひとつに【他言しない】とあった以上、周囲を騙すことになるのも織り込み済みだったのだから……。

逃げ出すわけにはいかない、と揺れる心に言い聞かせ、ゆっくりと深呼吸をした。

「未熟者ですが、創さんを支えられるように精一杯頑張ります。これからよろしくお願いいたします」

そう告げた直後、みんなの表情が綻ぶ。

安堵した様子の家族も、喜びをあらわにする君嶋家の人たちも、私は欺いている。

温かな祝福を受けたからこそ、自ら偽り塗れの状況を作っていることに胸がひどく軋んでしまう。

それでも、左手に感じる体温だけを頼りに紡いだ自身の言葉を噛みしめながら、改めて〝君嶋社長の偽りの妻になる〟ということの重さを実感していた——。

二、偽りだらけの結婚

暦は、八月初旬。

じりじりと照りつける真夏の太陽の下、海外メーカーのスポーツカータイプの車が街中を走り抜けていく。悠然と風を切る様は、猛暑をものともしていない。

駅まで迎えに来てくれたときにはいっそう爽やかに見えたことを思い出し、まるで君嶋社長――もとい、創さんのようだと思った。

「あと一時間もすれば、花純さんの荷物が届くはずだな」

「はい。お忙しいのに、私の都合に合わせていただいてすみません……」

「気にすることはない。これまでは俺の都合に合わせてもらっていたから、今日くらいは君に合わせるべきだろう」

左隣にいる彼は、視線は前に向けたままだけれど、その面差しはどこか優しい。

創さんの車に乗せてもらうのは、今日でまだ五回目。

最初は、彼の家にお邪魔したとき。ホテルで話しただけでは時間が足りず、後日改めて会うことになり、仕事が休みだった私の家の最寄り駅まで迎えに来てくれた。

二回目は私の実家に、三回目は創さんの実家に行ったとき。そして、四回目はお互いの父に婚姻届の証人になってもらうため、それぞれの実家に行った日だ。

創さんの車の助手席はまだ慣れないものの、彼と話すことにはようやくほんの少しだけ慣れてきた。まったく緊張しないわけじゃなくとも、ある程度は自然な会話を交わせるようになっていると思う。

「ただ……悪いが、俺は二時間後には会社に行かなければいけないんだ。ちょっと仕事が立て込んでいてね。荷解きに手が必要なら、実家から誰か寄越そうか？」

「いえ、引っ越し業者が整理してくれるみたいですし、大丈夫です。荷物はそんなに多くありませんし、私は今日と明日はお休みですから」

六月はお互いの両親への挨拶で貴重な土日に、七月には両家の顔合わせのために日曜日に休みをもらったため、さすがに八月まで週末の休み希望を言い出せなかった。

だから、私が創さんの家に引っ越す今日は、彼が出社時間を調整してくれた。

引っ越しといっても、車なら四十分もかからない距離だ。

今日から創さんとの同居が始まることに数日前から緊張し、昨夜はなかなか眠れなかったけれど……。住み慣れた家を離れるときは意外としんみりすることもなく、想像よりもずっと呆気ないものだった。

ついでに言うと、一時間ほど前に区役所で婚姻届を出してきたばかりなのに、今のところあまり実感が湧かない。

これが本当の結婚だったのなら、もっと心境も違ったんだろう。

けれど、契約結婚だという現実を前に素直な喜びはなく、区役所の窓口でかけられた祝福の言葉にも苦笑しか出てこず、結婚したことすらも曖昧なように思えた。

たった二か月間で変わりすぎてしまった状況に、もしかしたら頭と心がついてこられないのかもしれない。

予定通りの時刻に、私の荷物が届いた。

「では、これから運び入れますね。奥様は指示をくださるだけで大丈夫ですよ」

奥様と呼ばれたことにむずがゆくなりつつ、創さんとともにスタッフを案内する。

5LDKの部屋のうち、彼が使用しているのは二部屋。それぞれ寝室と書斎で、もう一部屋は入居前からゲストルームとして設計されているままなのだとか。

だから、残りの二部屋のうちの広い方を使うようにと、先日お邪魔したときに言ってくれていた。

「荷物は収まりそうか？　主寝室よりも狭くて悪いが、ゲストルームよりはこっちの方が少しだけ広いから」

「はい。すごく広いですし、収納スペースも充分です」

「確かに、この部屋にもクローゼットはあるが……。あまり大きくはないから、あっちのウォークインクローゼットも使ってくれて構わない」

そうは言っても、この部屋だけでも私が住んでいたワンルームマンションよりも広く、荷物は収まってしまいそうだ。

「ベッドやチェストは俺が愛用しているメーカーのものだが、もし花純さんが気に入らなければ買い直そう。すぐには無理だが、今月末には――」

「そんな……！　もう充分ですから！」

家具はこの部屋の雰囲気と広さに見合うものを、創さんが早々にオーダーしてくれていた。そのため、私が持っていたものはほとんどリサイクルショップに出した。

どんなインテリアなのか気になっていたけれど、白やブラウンといったカラーで統一されているおかげで、私好みのシックな雰囲気だ。

白いシーツに包まれたダブルベッドは見るからに寝心地が好さそうだし、その傍のチェストの上には小さな花瓶に活けられた花まである。夏らしいビタミンカラーの花々は可愛らしく、窓際には私の膝ほどの高さのガジュマルの木も置かれていた。

そういえば、話の流れで私の家の雰囲気を尋ねられたことがあったけれど、あれは私の好みをリサーチするためだったのかもしれない。

「じゃあ、少しリビングに来てくれないか？　渡しておきたいものがあるんだ」

小さく頷いて創さんについていくと、ダイニングテーブルに促された。彼も私の対面に腰を下ろしたあと、スーツの胸ポケットからカードを出した。

「まず、これが鍵だ。オートロックだから、ひとりで行動するときは忘れないように気をつけて。コンシェルジュに言えば開けてくれるが、その場合には俺の許可が必要なんだ。すぐに連絡が取れないときは対応してもらえないから」

返事をしてカードキーを受け取れば、創さんはさらに別のカードを出した。

「こっちはクレジットカードだ。生活費は別途渡すから、これは君が自由に使ってくれればいい。よほど無茶な使い方をしなければ、限度額に達することはないだろう」

さきほどと同じようにテーブルに置かれたカードに、すぐに手を伸ばせなかった。

「どうした？　花純さんの望みだったんじゃないのか？」

怪訝な面持ちを向けられていることに気づき、ハッとする。

贅沢な暮らしがしたいことになっている以上、ここはきっと喜んで受け取るべきだったんだろう。けれど、私は戸惑いに負けてしまった。

「い、いえ……。まさかクレカを渡してくださるとは思わなくて……」

「この方がお互いに都合がいいだろう？」

どう答えるのが正解なのかわからなくて、曖昧に笑うことしかできなかった。

「あと、こっちは生活費用のカードと現金だ。カードだけでは不便だろうから現金も渡しておくが、すべて好きなように使ってくれればいい」

二枚目のクレジットカードが出されたことはもちろん、厚みのある封筒にギョッとする。彼の視線に促されて中を確認すると、帯封に包まれた札束が入っていた。

「これっ……多いです！　こんなに受け取れません！」

「家具や家電で足りないものがあるかもしれないし、消耗品なども必要だろう。纏めて渡しておく方が効率的だから、ひとまずそれだけ渡しておく」

足りなくなれば遠慮なく言ってくれ、と付け足され、首をブンブンと横に振る。

「悪いが、そろそろ出社しないといけないんだ。なにかあれば連絡して」

押し問答をする時間すらないらしく、「わかりました」と頷くしかない。

「共有スペースは好きに使ってくれて構わない。冷蔵庫やキッチンにあるものも、自由にしてくれ。ただし、お互いの部屋と書斎には勝手に入らないように」

「はい」

「それと、この辺のことはまだ詳しくないだろうから、出かける場合はタクシーを使うといい。コンシェルジュに言えば、すぐに呼んでくれるから」

ここでも返事をするしかないと悟って「はい」と返したけれど、ちょっとした外出くらいでタクシーを使うような生活は考えられない。

「じゃあ、行ってくる。今夜は早めに帰るようにするから、夜にまた話そう」

短く言い置いてリビングを後にした創さんを、慌てて追いかける。

「あの……」

玄関で靴を履いている彼に声をかければ、不思議そうな表情をされてしまった。

じっと見つめられて言い淀みそうになったけれど、思い切って口を開く。

「えっと……いってらっしゃい」

直後、創さんが意表を突かれたような顔になった。

(あっ……こういうのはいらなかったのかな……)

失敗したかもしれないと不安が過り、必死に笑顔を作った頬が引き攣ってしまいそうになったけれど。

「いってきます」

意外にも、彼は私の目を真っ直ぐ見て言ったあと、ドアの向こうに姿を消した。

（ちゃんと返事してくれた……！）

こんなに小さなことで、鼓動が弾む。

先の見えない結婚生活には、戸惑いと不安しかなかった。

それなのに今は、少しだけ……ほんの少しだけ、楽しみにしている私がいる。

浮かれた気分でリビングに戻ると、ダイニングテーブルの上にはカードキーとともに、二枚のクレジットカードと厚みのある封筒が並んでいた。

「これ、どうしよう……」

仮に生活費は使わせてもらうとしても、本当は贅沢な生活がしたいわけじゃないから、衣食住の心配がない今は自分の給料だけで充分だ。

ただ、それでは創さんに不審に思われるかもしれないし、あの場合は受け取るしかなかったとは思う。

（でも……だからって、いきなりクレカを二枚も渡す？　それに、現金まであるし）

自分のお金なら銀行に入金するところだけれど、大金とはいえそれも憚られてしまい、どうするべきかと頭を悩ませる。

結局、ひとまずハンカチに包んでバッグに入れ、あとでクローゼットの奥にしまっておくことにした。

セキュリティが万全なのはわかっているものの、手にしたことがない大金がすぐ傍にあるというのはどうにも不安で仕方がない。

「考えることはいっぱいあるけど、まずは片付けなきゃ……」

部屋に戻ると早くも荷解きは進み、ワンピースはクローゼットにかけられ、本棚には持ってきた本が綺麗に並べられていた。

「あ、その箱はそのままにしておいてください。あとはもう、自分でできますから」

残りは夏物の服や下着類だったため、慌てて制する。

家具類を持ってこなかったし、この分だとひとりでも今日中に終わらせることができそうだ。スタッフにお礼を告げると、彼らは笑顔で帰っていった。


日が傾き始めた頃、なんとか片付いた。

思っていたよりも時間はかかったけれど、夕方に終わったのだから上々だろう。

キッチンでグラスを拝借してウォーターサーバーの水を注ぎ、ダイニングテーブルに移動する。

(お腹空いたな)

昼食は区役所に行ったあとにカフェレストランで済ませたけれど、今後のことを思うとあまり喉を通らず、時間もなかったからほとんど食べられなかった。

夕食のことを考えながら、創さんはどうするんだろう……と脳裏に過る。

(干渉しない、ってどこまでなのかな。ランチは一緒に食べたけど、婚姻届を出したついでって感じだったし……)

深く尋ねる暇もなく今日を迎えたため、どうすればいいのかはわからない。

掃除はハウスキーパーが来ると聞いているけれど、彼は普段の食事はどうしているんだろう。

「私たち、お互いのことはまだなにも知らないんだよね……」

思わず零れた声が、静かな部屋に落ちる。

今日からここが私の住む家になるなんて、なんだか不思議な気持ちだ。今さら帰るところもないものの、自宅という感じはまったくない。

緊張と引っ越しの疲労からか、今日はもう外出する気力はないけれど、素直なお腹の虫がグーグーと鳴き出した。

そこで創さんの言葉を思い出し、キッチンに足を運ぶ。

収納スペースには、一通りのキッチングッズは揃っていた。ただ、使われた形跡はあまりなく、中にはパッケージすら開けられていないものまである。

コーヒーは充実しているし、ワインセラーもあるというのに……。恐る恐る開けた冷蔵庫にはチーズ類や生ハムが目立ち、食事の用意はできそうにない。

おしゃれなジャムとか高級そうなビンは並んでいるものの、どれもワインのために置かれているようだった。

なんとなく、彼の食生活を垣間見た気がする。

そんな気持ちになりながらも、空腹を訴える体に急かされるように冷凍庫を開ければ、数種類のパンが入れられていた。

手を伸ばそうとして、思い留まる。

創さんがどうするつもりなのかはわからないけれど、今日は結婚記念日になる日。せめて、初日くらいは彼と一緒に夕食を摂りたかった。

もしダメだったとしても、それも仕方がないことだと納得できる。

とにかく創さんを待とうと決め、自室に戻って桐の箱を片手にバルコニーに出た。

十八時半を過ぎた今、辺り一帯は夕日に染まり始めている。遠くの方からは藍色の空が迫ってくるようで、夜に向かうグラデーションを見つめながら息を吐いた。

「本当に結婚したんだよね」

指輪や誓いの言葉どころか、愛すらもない。あるのは、簡易的な紙切れ一枚で交わした契約と、形だけの婚姻届を出したという事実だけ。

そっと桐の箱を開けて、大切なかんざしを手に取る。小さなガラス球に紅椿がデザインされたそれは、綺麗に手入れこそされているものの、とても古い。

「ねぇ、おばあちゃん……。本当にこれでよかったのかな……」

幼い頃から困ったことがあるといつも父方の祖母に泣きつき、それは成長してからも変わらなかった。祖母は私にとって良き相談相手で、道標のような人だった。

五年ほど前にこの世を去るまでは……。

今はもう話すことも叶わないけれど、ときどきこうして祖母の形見のかんざしを出してきては不安や悩みを零す。

友人関係が上手くいかなかったとき、志望校で迷っていたとき。部活で思うような成果が出せなかったときや、両親と喧嘩をしたとき……。悩んだり泣いたりしながらも話せば、祖母はときに厳しく、けれどそれ以上の優しさで私を受け止めてくれた。

明確な答えを教えてくれたことはなかったのに、祖母に相談するだけでも安心できた。そして、祖母に相談したあとはいつも前を向けた。

だから、答えてくれないとわかっていてもこうして不安や悩みを言葉にすれば、祖母が生きていた頃のように優しい笑顔で『大丈夫よ』と言ってくれる気がするのだ。

「……って、とにかく頑張るしかないんだけどね」

考えれば考えるほど不安ばかりが大きくなるけれど、ここまで来たらもうやるしかない。

三年間は、君嶋花純として生きていくのだから。

改めて覚悟を決めたときには、夏の夕焼けに染まっていた空は藍色に変わり、すっかり日が沈んでいた。

＊　＊　＊

創さんが帰宅したのは、二十時を過ぎた頃だった。

玄関で「おかえりなさい」と出迎えれば、彼は家を出たときと同じように一瞬だけ静止したあとで、「ただいま」と返してくれた。

夫婦としてやっていけるのか……なんて懸念していたけれど、今のやり取りはほんの少しだけ親しみが生まれた気がする。

夫婦は無理でも、家族のようにはなれるんじゃないだろうか。

そんなことを考えていると、夕食はどうしたのかと訊かれた。

「まだ食べていなくて……。創さんはどうされましたか？」

「俺も今日はまだだ。いつもは会食がなければ適当に済ませるが、今夜は君と話しておきたいこともあったしな」

その言い方から察するに、今後は夕食を共にする機会はあまりなさそうだ。

「とりあえず、今日は一緒に食べよう。だが、明日からはなにか事情がない限りは各々で済ませて、お互いのことを気にしないように……ということでどうだ？」

どうもなにも、ただその提案を呑むしかない。創さんがそうしようと言うのなら、私はYESと答えるべきなのだとわかっているからこそ従順に頷いた。

ひとまず、夕食は簡単に済ませることにした。とはいえ、さきほどキッチンや冷蔵庫は確認しているため、食事になりそうなものはほとんどないのは知っている。

結局は冷凍庫のパンをリベイクして、生ハムやチーズを添えて少しだけワインを飲むことになった。ダイニングテーブルにそれらを並べると、向かい合って座った。

「ランチのときはゆっくりできなかったが、ひとまず乾杯しようか」

赤ワインを注いでくれた彼を前に、思わず笑みが浮かぶ。

契約で結ばれた夫婦だとしても、少しでも歩み寄ろうとしてくれている気がした。

「今日から三年間、よろしく。花純さんが望む生活を提供できるよう、できる限り善処する。偽りでもいい夫を演じ、君の負担を少しでも軽くするよ」

ところが、創さんが零した言葉があくまで契約であることを強調していて、笑顔が引き攣りそうになった。

彼に『ただいま』と言ってもらえたときに、少しだけ浮かれていたけれど。その気持ちはしゅるしゅると萎み、今度は大きな壁を感じてしまった。

私を見ながらグラスを掲げる創さんの顔は、至って普通だ。笑っているわけでも不機嫌でもなく、本当になんでもないことのようにしている。

「よろしくお願いします」

私は必死に口角を上げたままグラスを持ち、彼を見つめ返す。自分の心を騙していることは見ないふりをしたものの、またひとつ嘘を重ねたことに胸が軋んだ。

「まずは再確認だが、家事はしなくていい。掃除は週に三回ハウスキーパーに依頼してあるし、他のことは自分でする。花純さんも仕事が忙しいだろうし、俺は平日は家にいる時間も少ないから、俺のことは一切気にする必要はない」

「創さんは、普段の食事はどうされているんですか？」

創さんいわく、自炊もしないことはないものの、平日は家ではほとんど食事を摂らないのだとか。彼の食生活は、冷蔵庫を見たときに抱いた印象通りだった。

「自炊するなら、キッチンや冷蔵庫にあるものは好きに使ってくれていい。ワインも自由に飲んで構わないし、コーヒー豆も数種類置いてある。タクシーの手配もだが、コンシェルジュに内線を入れればデリバリーも頼める」

相槌を打つばかりの私に、創さんは朝は八時前に家を出て、帰宅時間は二十二時を回る日が多い……などといったことも話してくれた。

「たまに仕事が早く終われば、ジムに行く。そういう日は会食もないから、食事はほとんどカフェで済ませてくる。ただ、新婚なのにカフェで頻繁に夕食を摂るのは世間的にはあまりよくないだろうから、今後は少し減らすつもりだ」

創さんに限らず、KSSの社員は就業後にジムやカフェサロンを利用しているけれど、夜に彼が来店するタイミングで会えたことは数回しかなかった。

カフェサロンの営業時間は七時から二十三時で、勤務形態は三交代制だ。私はだいたい早番と日勤で入ることが多く、遅番の日は少ない。

創さんは多忙で頻繁にはジムに行けないようだし、私の遅番の勤務が少ないとなれば、夜に彼とカフェサロンで顔を合わせる機会がなくても仕方ないだろう。

「それと、大隈さんには俺の方から話しておいた。事務手続きも済ませたから、職場や友人に結婚について訊かれたら普通に答えてくれて構わない」

念のため、周囲にはまだ報告していなかった。

今日まであまり時間がなかったし、お互いの家族のことで精一杯だったから。

ただ、創さんにとっては結婚したことを内緒にしては意味がない。とはいえ、事情が事情なだけに、店長への報告は彼が請け負ってくれたのだ。

「大隈さんは驚いていたけど、『俺の事情で内々に進めることになった』と話したらすぐに納得してくれていたよ。だから、花純さんはなにも心配しなくていい」

「ありがとうございます」

これに関しては、私から報告するのは心許なかったからありがたい。私よりも創さんから聞く方が把握しやすいだろうし、なによりも私の気持ちだってラクだ。

「それでも、もし困ったことがあればすぐに言ってくれ」

彼の声音は優しいけれど、これも契約だから……と思うと虚しさが込み上げてしまいそうだった。これからの方が大変なはずなのに、先が思いやられる。

「あと、念のために花純さんの仕事のシフトを共有してくれるとありがたい。休日の予定については詳細は必要ないが、帰宅時間などは教えてもらえると助かる」

「わかりました。契約結婚ですし、色々と把握できる方が便利ですよね」

うっかりそんな風に言ったあとで、創さんがきょとんとしたような顔になった。しまった……と思う。もしかしたら、嫌味に聞こえただろうか。

「確かに、シフトについてはそれもあるが、休日の件は帰りが遅かったりしたら心配だ、という意味もあったんだが……」

きっと、彼は気を遣ってくれたに違いない。

天邪鬼な思考とは裏腹に、素直に喜びが芽生えた。我ながら、なんとも単純だ。けれど、そんな言葉ひとつで笑みが零れ、迷いや不安に揺れる私の心を支えてくれる気がする。自然と「心配してくださってありがとうございます」と口にしていた。

「じゃあ、休みの日もきちんと予定を伝えますね」

「ああ、よろしく」

創さんは、安堵混じりの微笑を湛えて頷いた。

「それと、最後にこれを」

小さな箱と、それよりも少し大きな箱を差し出した彼が、ふたつの箱を開いた。

中に入っていたのは、三つの指輪。それらが婚約指輪と結婚指輪であることはすぐにわかり、一拍遅れて目を見開いてしまった。

「結婚したのに指輪がないのはまずいだろうから、急いで見繕っておいた。もし気に入らなかったりサイズが合わなければ、早めに買い直そう」

「いえ……充分です」

婚約指輪には燦然と輝くダイヤモンドが並び、結婚指輪にもダイヤモンドが埋め込まれている。思わぬ出来事に戸惑いつつも、なんとかお礼を言った。

私たちは契約結婚で結ばれた、偽りの夫婦。

想いのこもった指輪や誓いの言葉どころか、愛すらもない。

それでも、所々で創さんの気遣いは感じられるし、私のことを考えてくれているのもわかる。だから、本当の夫婦にはなれなくても、彼と私なりの家族を目指せばいいのかもしれない……と思うことにした。

長かった一日が、もうすぐ終わる。

この先は前途多難だろうけれど、創さんなりの思いやりを噛みしめるようにして彼を見つめれば、心はわずかな温もりを感じていた――。

三、裏腹な態度

八月中旬の金曜日。

「結婚したぁ⁉」

昼下がりのカフェに、親友の澤野歩美《さわのあゆみ》の声が響いた。

保険会社に勤務する彼女に【話したいことがあるの】と連絡したのは、入籍してから数日が経った一週間前のこと。

有休だった彼女と私の休みが重なった今日、会うことになったのだけれど。

「彼氏ができたとか結婚するとかじゃなくて、結婚したの⁉」

結婚したことを伝えると、予想通り驚かれてしまった。

高校時代からの付き合いの歩美は、当時から大人っぽくて落ち着いていた。ところが、今の彼女の姿からはいつもの雰囲気が消えている。

「いや、待って！　意味がわからないんだけど！　なんで事後報告なの！」

歩美が身を乗り出し、セミロングのハニーベージュの髪が揺れる。大きな二重瞼の瞳は困惑に満ちていて、綺麗な唇はへの字になり、不満げなのは一目瞭然だ。

「その……お付き合いしてから結婚まであっという間だったのもあるんだけど、立場のある人だから秘密にしようってことになって……」

動揺を悟られないように気をつけながら、創さんに提案された通りに話す。

私たちは半年前から付き合っていたけれど、彼の立場を考えて結婚まで他言しないことにしていた――というのが描かれたシナリオだ。

私の結婚を知った店長や同僚たちは、驚きつつも祝福してくれた。一方で、さすがに親友ともなればショックが大きいようで、歩美は眉をひそめている。

「ごめん、あまりにも予想外で……。さすがに突然すぎるっていうか……」

「ううん……。私の方こそ、黙っててごめんね」

実際は交際期間なんてないものの、私は親友に半年間も恋人の存在を秘密にしていた上、入籍したことだって事後報告だった……ということになる。

彼女の立場からしてみれば、祝福する気にはなれないだろう。

程なくして冷静さを取り戻し始めた歩美は、創さんのことを尋ねてきた。

彼のことに関してはすべて話していいと言われているため、すぐさま隠さずに伝えると、彼女は絶句してしまった。気まずい沈黙が下り、私もなにも言えない。

いくら相手の立場が……なんて話したところで、親友にこんな大切なことを事後報告されたら明るく祝福できるはずがない。私だって、きっと同じような反応をする。

「……マンゴースペシャルパンケーキ」

「え？」

「花純が幸せになるためにそうするしかなかったのなら、親友としては受け入れてあげたい。でも、事後報告だったのは悲しかったから、ここ奢ってくれたら許す」

「歩美……」

「……ごめん、意地悪言ったね。花純の結婚はおめでたいし、私も嬉しいよ」

安堵と申し訳なさで泣きそうになっていると、歩美が苦笑を零したあとで明るい笑みを見せて「おめでとう」と言ってくれた。

「社長ってことは、結婚式は盛大にするんでしょ！　御曹司の友達ってレベル高そうだし、花純の結婚式までにエステでも通っちゃおうかな」

冗談めかした言葉に、クスッと笑ってしまう。

彼女が外見や肩書きで人を見ないことは、私が一番よく知っている。私を落ち込ませまいとしてくれているとわかって、感謝の気持ちでいっぱいになった。

こんなに優しい親友すらも騙さなければいけないのは、本当に心が痛む。

それでも、ふたりで食べたスペシャルパンケーキは、とてもおいしかった。

＊＊＊

夕方に帰宅すると、広い部屋は静寂に包まれていた。

スーパーで買ってきたばかりの食材を冷蔵庫に入れ、代わりにボトルを手にして水出しの緑茶をグラスに注ぐ。半分ほど飲んで、ふぅ……と息を吐いた。

創さんと入籍して、今日で二週間になる。

高級レジデンスに出入りするのも、コンシェルジュに『君嶋様』と呼ばれるのにも、少しずつ慣れてきた。キッチン用品や食器などの配置もほとんど把握し、共有スペースも遠慮なく使わせてもらい、休みのたびに近隣のお店も開拓している。

通勤時間も短くなって、ここでの生活は快適だ。

多忙な彼とは顔を合わせる時間が少ないから、あまり話せていないけれど。それでも日常会話くらいは交わすし、必要事項だって伝え合っている。

創さんと私の生活スタイルでは、もともと時間が合わないことは想定済みだった。

私が早番のときは遅くても六時には家を出るし、彼は帰宅が遅い日も多い。もちろん起きていれば出迎えるものの、ベッドに入ってしまっていることもある。

土日は、創さんが家にいたとしても、私は逆に仕事に行っている。唯一、土曜日に私が休みだった日には、彼はどこかへ出かけていた。

それが懸念材料だったけれど、創さんの意見は正反対だった。『契約結婚なんだから、あまり顔を合わせない方が遠慮せずに過ごせるだろう』と。

彼の言葉は寂しい反面、そのおかげでたったの二週間でここでの暮らしに慣れてきた気もするから、今にして思えば一理あったのかもしれない。

そんなわけで、世間一般で言う新婚生活とは程遠い、すれ違いの日々だ。

ただ、それもきっと今月までだろう。店長いわく、私は来月から日勤のみのシフトになり、土日には休めるようにしてもらえるのだとか。

明らかな特別扱いに、心底戸惑った。もちろんすぐに断ったけれど、店長は『バイトを増やすことになったから大丈夫』と笑った。

どうやら『今後、自分の都合で妻が出勤できない日があるかもしれない』と考えた創さんの計らいのようで、それを聞いて驚いた。けれど、そんなことにまで手を回してくれた彼には感謝しかなく、結局は同僚たちの勧めもあって甘えることにした。

とはいえ、必要があれば、いつでも土日も勤務をする心づもりはある。

この日、創さんは珍しく十九時頃に帰宅した。

「今日は早かったんですね」

「急遽、会食がキャンセルになったんだ」

聞くところによると、会社に戻ろうとした彼を秘書の小野寺さんが制止し、そのまま強制的にマンションの前で車から降ろされてしまったらしい。

「俺は部屋で仕事をするから、花純さんは気にせずに過ごしてくれ」

創さんがワーカホリックなのは籍を入れる前からわかっていたけれど、彼に体を休めてほしかったであろう小野寺さんの目論見は叶わなさそうだ。

創さんに意見なんてできない私は、「わかりました」と頷くしかない。彼はコーヒーを淹れると、早々に書斎にこもってしまった。

(創さん、ご飯食べたのかな?)

食べていないだろうな、と思う。

創さんが家でまともに食事を摂っているところは見たことがないし、たまにデリバリーを頼んだ形跡は見かけるけれど、彼は食に対して無頓着そうな節がある。

キッチンに並べたオムライスの材料を見つめる。チキンライスは多めに作って冷凍しておくつもりだったから、ふたり分を用意するのは可能だ。

（家事はしなくていいって言われたし、ご飯もそれぞれで……ってことだったけど、ついでだし。そういうことなら別にいいよね？）

以前、創さんは『好き嫌いはほとんどない』と言っていた。契約結婚とはいえ、名目上は妻になったわけだけれど、この二週間はゆっくり話もできていない。

一緒に食事をすれば、少しくらいは彼との距離が近づくかもしれない。

そんな期待と下心もありつつ、急いでふたり分のオムライスを用意し、ついでに野菜スープも作ってテーブルにセッティングをしたあと、「よし」と呟いた。

書斎の前で深呼吸をし、ドアをノックする。すぐに「はい」と聞こえてきた返事にドキドキしながら、そっとドアノブに手をかけた。

「なにかあった？」

パソコンに向かっていた創さんが、こちらに顔を向ける。書斎の中に入ったことはまだなくて、なんとなくその場から踏み出せないまま微笑んだ。

「お仕事中にすみません。あの……夜ご飯、一緒に食べませんか？」

できるだけ平静を装ったけれど、声が裏返ってしまいそうだった。彼は一瞬だけ意表を突かれたような面持ちになり、すぐにハッとして口を開いた。

「いや、遠慮しておく。食事は別々に摂る契約だ。俺のことは気にしないでくれ」

スッ……と突き放された気がした。

創さんの声音は、決して冷たくはない。それでも、書斎に入ることをためらうくらいの関係性であるのと同じように、しっかりとした線引きがなされた……と感じた。

「……そうですか。すみません、お仕事の邪魔をしてしまって」

笑みを繕う顔が、強張ってしまいそうだった。彼の顔を真っ直ぐに見られなくなりつつも「頑張ってくださいね」と言い置き、笑顔を貼りつけたままドアを閉める。

(どうして断られる可能性を考えなかったんだろう……)

リビングに戻ると、対面同士にセッティングしたオムライスが物寂しげに私を待っていた。まだ湯気が立っているのに、あまり食べる気にはなれない。

それはきっと、創さんの中にある明確な壁を実感してしまったから。

すぐに仲良くなれる、なんて思っていなかった。

けれど、少しずつ距離を縮めていくチャンスくらいはあると思っていた。時間がかかっても難しくても、彼となら私たちなりの関係性を築いていける……と。

今になって、【互いの生活には極力干渉しない】という契約内容が大きな枷になると知り、その重みが圧しかかってくる。

私たちは家族にすらなれないのかもしれない……と思い至った。

ため息混じりにスプーンで掬って口にしたオムライスは、祖母直伝のレシピ。チキンライスを薄焼き卵で巻いたそれは、素朴な味だけれど懐かしくてホッとする。

『たった一度ダメだったくらいで諦めないの。誰だって、最初は上手くできないのが当たり前なのよ。落ち込むのは、何度も挑戦してからにしなさい』

初めてオムライスの作り方を教わったとき、穴だらけの焦げた卵を見て落ち込む私に、祖母は明るく笑いながらそう言った。

中学生だった私は、『やっぱり私には料理なんて向かないと思う』なんて拗ねた物言いをしたけれど、祖母に励まされて何度もリベンジした。

「うん……。今日はまだ一回目だったもんね」

オムライスを上手く作れるようになるまでどれくらいかかったのかは、もうあまり覚えていない。それでも、レシピを見なくてもこうして祖母と同じように作れるようになった今、たった一度の失敗で落ち込むわけにはいかないと思い直す。

本当は結構ショックだったけれど、こんなことで凹んでいたら祖母にまたたしなめられてしまいそうで、無理にでも前を向いた。

創さんの分のオムライスは、私が明日食べればいい。

結婚生活は、まだ始まったばかり。彼と三年間を過ごすことを決めた以上、これくらいでへこたれるわけにはいかない。

祖母の笑顔を思い出し、ひとり相槌を打つようにうんうんと頷く。

今夜のメニューが祖母との思い出が詰まったオムライスでよかった……と思い、私はオムライスとスープをしっかりと平らげた。

＊＊＊

夕食の一件から一週間が経った頃。

いつもよりも早く帰宅した創さんから、神妙な顔で「話がある」と言われた。

「パーティー？」

「ああ、明日の夜にあるんだ。申し訳ないが、それに同席してもらえないだろうか」

聞けば、取引先の大手電機メーカーの創業記念パーティーがあり、代理で創さんが出ることになったのだとか。出席予定だったお義父様は、海外事業部の方で起こったトラブル対応で急遽ロスに飛ぶことになってしまい、パーティーに間に合わない。

「パーティーと言っても、基本的には挨拶回りがメインだ。フォローはきちんとするし、花純さんは俺の隣にいてくれるだけでいい。それでも不安はあるだろうが、できる限り君への負担がないようにするから、お願いできないだろうか？」

申し訳なさそうな彼に、笑顔を見せる。

「そんな顔をしないでください。こんなときのための契約結婚じゃないですか」

私の役割は、創さんの妻を演じること。偽りとはいえ、今後はこういう機会もあるのだろう。

パーティーの同伴なんて経験したことはないし、すでに不安と緊張に包まれたけれど……。だからといって、こんなことがあるたびに彼に気を遣われるのは嫌だった。

それに、結婚してから一緒に出かけるのは初めてだから、正直に言えば少しだけ嬉しいというのもある。

「助かるよ。ありがとう」

「あ、でも……パーティーってなにを着ていけばいいんでしょう？　従兄の結婚式のときに買ったドレスならありますけど……」

言いながら、きっとダメだろうな……と思った。

フォーマル用のドレスとはいえ、庶民の私が難なく購入できる程度のものだ。大手電機メーカーの創業パーティーには、ふさわしくないに違いない。

「明日は早番だったな？　終わる頃に迎えに行くから、一緒に買いに行こう」

「えっ⁉」

創さんの提案に目を丸くすれば、彼がきょとんとした。

「買い物に付き添ってくださるんですか？」

「付き添うもなにも……これは俺の都合だし、急なことでゆっくり見繕う時間もないから、ひとりだと大変だろう。もちろん、花純さんが嫌でなければの話だが」

「嫌じゃないです！」

食い気味に返せば、創さんは「決まりだな」と瞳をわずかに緩めた。彼の表情は少しばかり読みにくいけれど、最近はこれが笑顔だということもわかってきた。

つい浮かれた気持ちになった私は、いつもはカジュアルな出勤スタイルを思い出して、あとで明日着ていく服を吟味しよう……と密かに考える。

「仕事が終わったら、カフェで待っていてくれ。結婚後はまだ大隈さんとしか話せていないし、ついでにスタッフにも挨拶しておくよ」

買い物デートとパーティーという一大行事と重大ミッションに、いきなり夫の職場訪問まで加わってしまった。

予想外の展開だけれど、不安や緊張とは違う意味でドキドキしていた――。

翌日、夏らしい白地にラベンダーカラーの花があしらわれたワンピースで出勤すると、同僚から『今日はいつもと雰囲気が違うね』なんて言われてしまった。

昨夜、ひとりでこっそりとファッションショーを繰り広げ、一時間かけて決めた服は同僚から好評でホッとし、なんとなくソワソワしつつも仕事をこなした。

十五時半きっちりに仕事を終えると、軽くメイクを直して制服からワンピースに着替えた。カフェオレをオーダーし、カフェサロンのカウンター席に着く。

「あれ？　花純ちゃん、帰らないの？」

「あ、はい……。えっと、このあと約束があって」

同僚からの質問に曖昧に答えた私の緊張はどんどん高まり、やけに喉が渇いた。

それから二十分もしないうちに創さんが現れ、「いらっしゃいませ」と満面の笑みで出迎えた同僚たちは、彼の顔を見て目を真ん丸にした。

「しゃっ、社長……！」

途端に店内の空気が色めき立ち、直後にピンと張りつめた雰囲気になる。

「お疲れ様。花純、待たせてすまない」

創さんはスタッフに声をかけると、慌てて立ち上がった私に優しげな眼差しを向けた。彼の表情は、明らかにいつもと違う。

柔らかさを孕んだ面持ちにも、唐突に呼び捨てにされたことにも、鼓動が高鳴る。

グラスを摑んだところで中身が空っぽになっていたことに気づき、創さんの顔をまともに見られなくてどぎまぎした。

「花純ちゃんの約束の相手って、社長だったんですね！」

「旦那様のお迎えなんて羨ましいなぁ」

「妻がお世話になっているね。勤務時間の件でもみんなには負担をかけてしまうが、理解してくれて感謝しているよ」

盛り上がる同僚たちと、彼は至って普通の夫のように会話している。店長だけは恐縮していたけれど、それ以外のスタッフはどこか嬉しそうでもあった。

「花純、そろそろ行こうか」

「はっ、はい……っ！」

その様子を見ているだけだった私は、創さんに促されて同僚の視線を受けながらカフェサロンを後にし、本社の地下駐車場に停めてある彼の車に乗った。

車内ではなにを話したのかよく覚えていない。あっという間にすぐ近くのラグジュアリーブランドの本店に着き、店内へと促された。

仰々しく迎え入れられたかと思うとＶＩＰルームに通され、数点のドレスが目の前に並べられた。私が想像していた買い物とはまったく違うことに戸惑う。

けれど、ぼんやりしている暇もなく、フィッティングルームへと押し込まれた。

様々なデザインのドレスに次々と着替え、そのたびに創さんの前で披露する。

恥ずかしくてドキドキしているのに、あまり時間がないことをわかっているから、ためらっている場合じゃない……と自身に言い聞かせるしかなかった。

「やっぱり、さっきのブルーだな。よく似合っていたし、夏らしさもある」

五着のドレスを着たあと、創さんが選んだのは四枚目のドレスだった。

膝丈のオフショルダードレスは、スカートの部分全体に花柄のレースがあしらわれている。ライトブルー系の生地は夏らしく涼やかで、それでいて上品さもある。

バッグとストールはシャンパンカラーで、ネックレスとピアスはお揃いのもの、靴はドレスと同色系のレースがデザインされた七センチヒールのパンプスに決まった。

「奥様、とてもお似合いですね」

「ああ、よく似合っているな」

絶賛するスタッフに相槌を打つ創さんは、いったいどこの誰だろう。

これが演技だとわかっているからこそ、甘さを纏う彼の演技力に驚かされながらも思わず俯いていた。真っ直ぐな視線が眩しくて、呼吸もできなくなってしまいそう。

「あ、創さん！　お会計は私が……！」

「妻に払わせるわけがないだろう」

苦笑を零した創さんの言葉に、胸がキュンと震える。彼にとってはなんてことのない言動にすら、ドキドキさせられて戸惑いを隠せない。

「ほら、あまり時間がないから急ごう」

そんな私を連れてヘアサロンを訪れた創さんは、ここでも的確にスタッフに要望を伝え、「あとで迎えに来る」と言い残してサロンを後にした。

残された私は、彼に言われた通りに椅子に座っているしかない。落ち着かない気持ちのまま、ヘアセットとメイクが終わるのをじっと待っていた。

そして、一時間後。

プロの手によって綺麗に着飾らせてもらった私は、またしても笑みを浮かべて「よく似合っているよ」なんて言う創さんに鼓動を高鳴らせてしまった。

家の中とは裏腹な態度の彼の甘い演技に、心が翻弄されていく。

緊張も大きくなる中、君嶋家お抱えの運転手が運転する車で、パーティー会場である大手町《おおてまち》駅から程近い高級ホテルへと向かった。

四、変わっていく関係

三十五階建てのホテル内にある、二十九階のパーティー会場。

大きなシャンデリアがいくつも吊るされた天井の壁紙までも美しく、贅を尽くした立食式の料理はどれも見たことがないものばかり。

豪華絢爛な雰囲気に、もはや感嘆のため息と驚きの表情しか出てこなかった。

「花純さん、もしかしてヒールは苦手だった？」

「すみません……。普段はここまで高いものは履かないので……」

いつも履くパンプスは五センチほどのヒールで、こんなに細くもない。油断すればつまずいてしまいそうで、車を降りてここに来るだけで何度かヒヤッとした。

「じゃあ、俺の腕に摑まっていて」

「えっ……」

「夫婦で腕を組むだけなんだ、そんなに驚くようなことじゃないよ。それに、もともとエスコートするつもりだったから」

左肘を軽く出して微かな笑みを浮かべた創さんに、たじろいでしまう。けれど、寄越された視線を受け止めたときには、右手をおずおずと伸ばしていた。

「し、失礼します……」

震えそうな声で軽く腕を組めば、彼が満足げに頷いた。

男性と腕を組んだ経験なんてなくて、緊張で心臓が飛び出してしまいそう。ドキドキと暴れる拍動は、私の頬を熱くした。

「もう少し寄りかかっていいよ。今夜は立食だし、挨拶回りがメインになるからあまり座る暇はないが、つらくなったらいつでも言って」

創さんは顔色ひとつ変わらなくて、すでにキャパシティーをオーバーしている私と違って余裕がある。なんとか笑みを浮かべたけれど、早くも先が思いやられた。

「これはこれは、君嶋社長」

「ご無沙汰しております」

唐突に声をかけられた彼は、壮年の男性と挨拶を交わす。すると、男性の目が私に向けられ、私は慌てて背筋を伸ばした。

「こちらは噂の奥様だね」

「はい、妻の花純です。花純、こちらは『シマダホーム』の島田《しまだ》さんだよ」

「はじめまして、夫がお世話になっております」

「いやいや、こちらこそ君嶋社長にはお世話になっています」

左手を差し出され、その手を握る。島田さんは陽気な方なのか、にこやかに握手をした手をブンブンと振った。

「今はどちらにお住まいですか？」

「私がもともと住んでいたマンションです」

「そうでしたか。では、なにかお困りごとがあればいつでもご相談ください」

シマダホームと言えば、建築関係の会社だったはず。疎い私でも会社名はＣＭなどで耳にしたことがあり、会話の内容の意図はわかった。

ただ、創さんは上手くかわしていた。

その後、島田さんは軽い世間話をし、別の招待客のところに行ってしまった。

「……緊張した」

思わずため息が漏れ、ハッとする。慌てて隣を見上げれば、彼が瞳を緩めた。

「あの……私、あんなご挨拶で大丈夫でしたか？」

「ああ、充分だよ。できるだけフォローするから、引き続きよろしく」

「はい……！　頑張ります」

お世辞だとわかっていても、創さんの言葉が嬉しい。

慣れないヒールに足は疲れ始めているけれど、精一杯の笑顔で会場を回った。

彼から聞いていた通り、次から次へと挨拶をしていくのは大変で、ひとりひとりの名前を聞いても覚えられそうになかった。

それでも、創さんに『妻です』と紹介されるたびに少しだけ浮かれてしまい、彼にフォローしてもらいながらなんとか最後まで乗り切ることができた。


帰宅早々、ソファに座った私は、張りつめていた糸が切れたように脱力した。

「今日は本当に助かったよ。ありがとう」

「お役に立てていればいいんですが」

隣に腰を下ろした創さんの顔にも、心なしか疲労感が滲んでいる。彼もきっと、私のフォローで大変だったに違いない。

「充分すぎるくらいだ」

けれど、私にダメ出しをすることもなく、そんな風に言ってくれた。

「花純が接客業でよかった。ずっと笑顔でいてくれたから、好印象だったはずだ」

柔らかな微笑みと、もう演技なんてしなくてもいいのに呼び捨てにされたことに、思わず頬が熱くなる。

創さんは滅多に笑わないからこそ、自然と向けられた表情に胸の奥がきゅうっと甘苦しくなった。

それに、外では緊張が勝っていて意識を向けられなかったけれど、今日は何度も『花純』と呼ばれた。夫が妻を紹介するのだからそれが普通だとわかっているのに、今さら恥ずかしさが大きくなる。

第一、彼は今の笑顔も呼び捨ても、たいして意識していないはず。にもかかわらず、私はバカみたいに翻弄されてしまう。

「どうかした？」

「あ、いえ……その、呼び方が……」

しどろもどろ答えれば、創さんがハッとしたような顔になった。

「ああ、すまない。今日一日ですっかり呼び慣れたみたいだ」

申し訳なさそうな微笑だって、なんだか眩しい。

そんな言葉だけで、満面の笑みですらない小さな笑顔だけで、私はドキドキさせられるのに……。簡単に『呼び慣れた』なんて言う彼は、とてもずるい。

「気を悪くしたなら謝るよ」

「ちがっ……！　そんなんじゃないですからっ……！」

咄嗟に首を横に振れば、今度はきょとんとされてしまった。

「……そうか。じゃあ、これからはずっと花純って呼んでもいいか？」

「はい……」

閉じ込めたつもりだった想いが、心をくすぐってくる。気づかないふりをしていたいのに、今夜はどうしたって胸の奥に感じる熱が冷めてくれそうにない。

途端に、創さんが隣にいることを強く意識してしまい、彼を直視できなくなった。

「花純」

私を呼ぶ声が、いつもよりも優しい。けれど、なにか言いたげな声色にも思えた。

ためらいながらも創さんを見ると、彼はこちらをじっと見つめていた。

「今夜は疲れただろうから早く休むといい。俺は少し仕事をするよ」

程なくしてかけられたのは、そんな言葉。

それは、本当に創さんが言いたかったことなのだろうか。

なにもわからないから頷くことしかできなくて、リビングから出ていこうとした彼に「おやすみなさい」と言うだけで精一杯だった。

振り向いて「おやすみ」と返した創さんは、もう平素の面差しに戻っていた。

反して、私の鼓膜には彼の声が、記憶にはさきほどの笑顔が焼きついていた――。

＊　＊　＊

九月に入ったのを機に、しばらくできていなかったランニングを再開した。

毎年、夏にはランニングの回数や走行距離を減らしている。

猛暑日が続く真夏は早朝でも暑くて熱中症になる危険性があり、出勤前にランニングをするのはリスクがある。かといって、朝方生活の私には夜に走るのはつらい。

しかも、創さんと契約結婚をすると決まってからは毎日が慌ただしく、結婚や引っ越しなどの生活環境の変化もあって、肉体的にも精神的にもあまり余裕はなかった。

そういったことを理由に、六月から一度もランニングができなかったのだ。

その間も起床時間は変えず、代わりにストレッチや軽い筋トレをしていたけれど、再開した日から数日は思っていた以上にきつかった。

それでも、普段は三キロを週に三回走っていたのを、走行距離を二キロに減らして毎日こなしてみると、一週間もすれば体が慣れてきた。

この日も二キロほど走って帰宅すると、リビングにスーツ姿の彼がいた。

「あ、おはようございます」

「おはよう。走ってきたのか」

「はい。今日は早いんですね」

「ああ、これから名古屋に行くんだ。日帰りだが、帰りは遅くなる」

「わかりました」

汗を掻いたまま創さんの前にいるのは気が引けるし、なによりも恥ずかしい。せっかく朝から彼の顔を見ることができたけれど、早々にバスルームに向かおうとした。

「ランニングは日課なのか？　いつもどれくらい走っているんだ？」

ところが、珍しく創さんから会話を繋いできた。意外なことに少しばかり驚きつつも、リビングから出ようとした足を止めて彼を見る。

「今日は二キロです。夏以外は週に三日ほど三キロくらい走っているんですが、しばらくサボっていたので体を慣らそうと思って。でも、明日からは距離を戻します」

「そうか。実は、俺もランニングを日課にしているんだ」

「えっ、そうなんですか？」

「もともとは朝に走っていたんだが、結婚してからはジムでマシーンを使っていた。でも、そろそろまた外を走ろうかと思っていたところだ」

思いがけず知った創さんとの共通点に、なんだか嬉しくなる。

わざわざこのことを話してくれたということは、もしかしたら彼なりにコミュニケーションを取ろうとしてくれているのかもしれない。

(だったら嬉しいな)

朝から喜びに包まれて胸を弾ませていると、創さんが私を見つめた。

「その……これは、あくまで提案なんだが……」

「はい?」

「明日から一緒に走るのはどうだろう?」

ためらいを残したような口調で紡がれた疑問に、私は目を見開いてしまった。

聞き間違いかと思ったほど、彼から呈された提案とは思えない。

「……え?」

たっぷりの沈黙のあとでまぬけな声を漏らせば、創さんは私から視線を逸らした。

「嫌ならいい。ひとりで走る方が気楽だろうし、それに——」

「やりますっ……!　一緒に走りたいです!!」

気まずそうな彼に、食い気味に声を上げながら数歩近づいてしまう。

「私、足手纏いになるかもしれませんけど、全力で走りますから!」

ここで仲良くなれるチャンスを逃すわけにはいかないと、さらに必死に訴えた。

「いや、なにも全力で走る必要はないんだが……」

創さんは、私の勢いに気圧されたような顔をしたあとで、小さな笑みを浮かべた。

「じゃあ、明日から一緒に走ろう」

今にも飛び上がりたい気分をこらえて、満面の笑みで大きく頷く。明日からが楽しみになり、朝が来るのが待ち遠しかった。

「契約結婚のカモフラージュにもなるだろうし、共通の趣味があってよかった」

それなのに次の瞬間、なにげなく放たれた言葉に胸がチクリと痛んだ。

純粋に楽しみにしている私とは違い、彼はただ周囲へのアピールをしようとしているに過ぎない。その大きな差に、落ち込んでしまいそうになる。

(でも……きっかけはどうであれ、一緒になにかするって大切だよね?)

なにもしないでいるよりも、創さんと行動を共にできる方がいい。

喜びすぎてはいけないと思いつつも、そんな風に思うとやっぱり嬉しさはあった。

「詳しいことはまたあとでメッセージを入れておくよ」

「はい！　お仕事頑張ってくださいね！」

「ああ、いってきます」

「いってらっしゃい」

彼を見送った直後、自然と笑みが零れた。

創さんはあくまでカモフラージュのつもりだけれど、彼の方から誘ってくれたのはまぎれもない事実だ。

(しかも、創さんから『いってきます』って言ってくれたし!)

創さんと私の捉え方には、大きな壁がある。それでも、同居を始めた頃よりもずっと、彼の態度は軟化している。

まだまだ先が思いやられてしまうけれど、朝から嬉しいことがあった今日はなんだかいい一日になりそうな気がした。


翌日から、私たちは予定通り一緒にランニングを始めた。

「おはようございます」

約束の時間よりも少し早くリビングに行くと、ソファでタブレットを見ていた創さんが顔を上げた。

「おはよう。準備はできたか?」

「はい。ストレッチは部屋で済ませました」

「じゃあ、行こう」

立ち上がった彼は、黒いランニングウェアを着ている。KSSの人気商品であるそれはシンプルなデザインだからこそ、体のラインがよくわかる。スーツや普段着よりもずっと生地が薄い夏用のウェア姿は、創さんの鍛え上げられた体躯をしっかりと見せてくれた。

半袖から覗く上腕二頭筋には、血管が浮かんでいる。軽く隆起した胸筋や、引き締まった腹筋とともに男性らしい色香が漂い、目の保養というには眩しすぎる。

(なんだか直視できない、かも……)

「花純?」

「あ、はいっ……! 行きましょう!」

ぼんやりと見入っていた私は、彼の声でハッとして玄関へと急いだ。

エントランスではコンシェルジュに温かい眼差しを向けられ、なんとなく気恥ずかしくなった。きっと、仲のいい夫婦だと思われているんだろう。

「とりあえず、いつもと同じペースで走ってみて。俺のことは気にせずに、花純のペースで走ればいいから」

「わかりました。じゃあ、走りますね」

私が走り出せば、創さんは腕時計のストップウォッチを稼働させたようだった。

いつも通りにしようと意識すればするほど、すぐ隣で並走する彼に気を取られてしまう。緊張もあるのか、今朝は呼吸が乱れるのが早かった。

「無理しなくていいよ。いつも通りでいい」

私の変化に気づいた創さんは、まだまだ余裕そうだ。息も乱さず、口調もいつもと変わらない。再び前を向いた彼に「大丈夫です」と言い、ゆっくりと深呼吸をした。

結局、いつもよりも少し早く走り終えてしまい、やっぱり普段以上に力が入っていたのだと気づく。

「さすが日課にしていただけはあるな。だが、いつもより無理したんじゃないか？」

マンションの前まで戻ってくると、創さんはすぐに呼吸を整えて私を見た。肩で息をする私は、彼に見透かされていたことに苦笑してしまう。

「そんなつもりはなかったんですが、ちょっと力が入っていたみたいです」

「俺が焦らせてしまったか。すまない」

「いえ……！　私のペース配分が下手だっただけですから」

「だが、思っていたよりも花純が走れることに驚いた。それに、フォームも綺麗だったな。なにかスポーツの経験があるのか？」

「学生時代はずっと運動部でした。中学は陸上、高校と大学では硬式テニスです」

「へぇ、意外だな。ランニングをするくらいだから、運動は嫌いじゃないんだろうとは思っていたが、まさかずっと運動部だったとは」

「陸上は短距離でしたし、どれもそれほど上達しなかったんですけどね」

自嘲気味に笑うと、創さんは「そんなことはないだろう」と口にした。

「創さんはなにかスポーツをされていたんですか？」

「高校まではずっとサッカーをしていたよ。大学では少しずつ仕事を始めていたからやめてしまったが、トレーニングは続けている」

サッカーをしている創さんを見てみたい。今はもうしていないようだけれど、彼ならきっと目立っていたんだろうなと考えて、少しだけドキドキした。

「とりあえず、明日からはもう少しペース配分を落とそう。無理して走る必要はないし、仕事に支障が出ない程度に走った方がいい」

当たり前のように明日の話をされて、頬が緩んでしまう。

今朝は、他愛のない会話がたくさんできた。それも嬉しくて、このまま創さんとの距離が縮まればいいな、と期待を寄せていた。

「シャワーは先に使ってください。私はまだ時間がありますし、あとで大丈夫です」

「助かるよ、ありがとう」

彼は申し訳なさそうにしつつも微笑み、その足でバスルームに向かった。

十五分もしないうちに再びリビングに現れた創さんが、濡れた髪をタオルで拭いながら「シャワー空いたよ」と声をかけてくれた。

二言ほど言葉を返してからバスルームに行き、熱めのシャワーで汗を流す。いい具合の疲労感が和らぎ、空腹感が湧いてくる。

(ちょっと緊張したけど、楽しかったな)

彼にとっては契約結婚のためだとしても、共通の趣味を通して同じ時間を過ごし、お互いのことを少しだけ知ることができた。

私たちにとって、きっと大きな進歩だ。

明日も一緒に走れることを楽しみにする私は、いつも以上に笑顔で過ごせた——。

五、妻の戸惑いと夫の変化

秋の気配が訪れた、九月下旬。すっかりルーティーンが出来上がっていた。

朝は六時前に起きて支度と軽いストレッチを済ませ、六時半に家を出て三キロほどを二十分弱で走ってから帰宅する。

そのまま交代でシャワーを浴び、身支度を整えた創さんが仕事に出かけていくのが八時前。十時頃に家を出る私は、そのあとでのんびり朝食を摂る。

ランニング中は、特になにかを話すわけじゃない。それでも、彼と同じことをしているというだけで嬉しかった。

なにより、創さんは初日から私の力量を見抜き、『無理をする必要はない』と言って私のペースに合わせて走ってくれている。申し訳ないと思う反面、彼がそうしてまで私と一緒にランニングをしていることに喜びでいっぱいになった。

もちろん、創さんにとってはカモフラージュのためだとわかっている。けれど、彼の思いやりを感じるたび、ほんの少しずつでも距離が縮んでいく気がするのだ――。

ある日、ランニングから帰宅すると、創さんは「電話をしてくるから先にシャワーを使って」と言い置き、書斎にこもった。

急いでシャワーを浴びた私がリビングに戻ると、彼もちょうど電話を終えたところだったようで、ホッとしつつキッチンに立った。

創さんはきっと、十五分もすればバスルームから戻ってくるだろう。

私はバスルームの方を気にしながら、フライパンを出した。トーストを焼きながら、昨夜のうちに下拵えをしておいたオムレツを手早く作っていく。

ベビーリーフを載せたプレートにそれらを盛り付け、カップにコーヒーを淹れたところで、ちょうど彼がリビングに姿を現した。

すぐにテーブルの状態を見た創さんが、目をわずかに見開いて静止する。

「あのっ……！　朝ご飯、作ったんです！　一緒にどうですか!?」

落ち着いて話すつもりだったのに、緊張していたせいで声に力がこもった。

彼は予想外だったようで、困惑の表情を浮かべていた。

一度断られたからこそ、返事を聞くのは怖い。そう思う反面、あのときよりも少しは関係が深まっていることを実感している分、心の中には期待もあった。

「……そうだな。じゃあ、いただくよ」

長く思えた沈黙が破られた直後、満面に笑みが広がった。

「いいんですか⁉」

「ああ、せっかく作ってくれたんだ」

創さんが席に着き、私も慌てて腰を下ろす。

「いただきます」

フォークでオムレツを口に運ぶ彼を、思わず見つめてしまう。料理は人並みにできるつもりだけれど、いざとなると自信はなかった。

「あ、その……おいしいよ」

控えめに、けれど柔らかい笑みとともに零された言葉が、私の胸をくすぐる。

「野菜がたくさん入っているし、ソースも絶妙だ。ちょっとカフェサロンのメニューと似ているな」

「実は、キッチンスタッフから作り方のコツを教わったんです。調味料を揃えられなくて同じように作れませんでしたが、具材は同じものが入っているんですよ」

「ああ、なるほど。でも俺は、花純が作ったオムレツの方が好きだな」

ごく自然に紡がれた感想に、瞠目してしまう。

「あ、いや……ただの好みの話だ」

創さんは少しだけ焦ったように付け足したあとで、再びオムレツを口に入れた。

どう受け取ればいいのかわからなかったのに、彼の言葉に胸が高鳴る。上手く言えないけれど、面映ゆいような気持ちだった。

創さんは朝食を完食してくれ、私はそれがとても嬉しかった。

「あの……もしよかったら、明日からも一緒に食べませんか？」

「だが……」

「えっと、ひとり分だけ作るのって意外と大変で……。それなら、ふたり分を作る方がいいというか、創さんさえよければ一緒に食べてもらえたらなって」

逡巡しているようだった彼が程なくして頷いてくれ、思わず笑顔が弾ける。

「じゃあ、食費を別で渡すから、一緒に食べよう」

けれど、次いで呈された案に、慌てて首を横に振った。

「いえ、それは……！　最初にいただいたお金も、まだそのままですし……」

「え？」

創さんの目が丸くなり、程なくして眉がひそめられた。

「もしかして、現金も使っていないのか？」

口調に力がこもったことに肩が強張り、おずおずと頷いて見せると、彼の表情が訝しげになっていく。

「どうして使わない？　カードは使っていないようだったが、それは君が現金派だからかと思っていた。だが、現金で渡した生活費にも手をつけていないんだな？」

「すみません……」

「謝罪を求めているわけじゃない。理由を訊いているんだ」

鋭い眼光に、つい心が怯んでしまう。

「花純は『一度くらい社長みたいな人とお付き合いしてみたい』と言い、俺はそれを〝贅沢な生活がしたい〟という意味だと捉えている」

それは、私もわかっている。最初にそんな風に話を持っていき、だからこそ契約を結ぶことになったのだから……。

「だが、実際はカードどころか現金も使っていないということは、花純は自分の給料で生活しているんだろう？　矛盾しているじゃないか」

「それは……」

創さんは、別に怒っているわけじゃない。

ただ、利害関係が一致したと思って契約結婚をした彼にとって、私の行動は腑に落ちず、それどころか不安すら覚えるのだろう。

創さんに納得してもらえる理由を考えなければ、きっと彼は私の行動に不信感を持つに違いない。むしろ、すでに怪しんでいるようだった。

「えっと……いざというとき？　あれは生活費だと言っただろう。それに、なにかあれば必要に応じて渡すよ。それとも、貯金しておきたいということか？」

「いざというときに置いておこうかなって」

「いえ、そういうわけじゃ……。でも、帯封がされていたので使いづらくて……」

「帯封？　そんなもの、適当に外せばいいだろう。だいたい、それこそカードを使えばいいじゃないか」

「それも……ブラックカードだったので、なんだか使うのが怖くて……」

「なんだ、そんなことか」

詰まりながらもどうにか言い訳を紡げば、創さんが息を吐いた。

「明日はなにか予定はあるか？」

「え？　いえ、特には……」

「それなら、明日一緒に出かけよう」

「えっ⁉」

「一度使ってみれば、抵抗感もなくなるだろう」

彼は私の返事も聞かずに決めてしまうと、「欲しいものを決めておいてくれ」と言い置き、腕時計を確認しながら席を立った。

「じゃあ、いってくる」

「あっ……いってらっしゃい……！」

腰を上げ損ねた私は、一拍置いて創さんの後を追ったけれど、玄関に行ったときにはもう彼の姿はなかった。

「え？　明日、一緒に出かけるってこと……だよね？」

ひとりごちた言葉は、なんだか現実味がない。

だいたい、創さんに他意はなく、ただ私との契約を全うしようとしているだけ。

それでも、彼と一緒に出かけられると思うと頬が緩み、しばらくその場で喜びを噛みしめていた。

＊　＊　＊

翌日の土曜日。

午前中に家を出て、東京駅《とうきょうえき》に直結している『高邑百貨店《たかむらひゃっかてん》』に向かった。

結局、私は欲しいものも行き先も決められなかった。そもそも、お金を目当てに創さんと結婚したわけじゃないし、もともとブランド物にも興味がない。

そんなことは口にしなかったけれど、彼は少し悩んだあとで「店に行けばなにかひとつくらい欲しいものがあるだろう」と言った。

駐車場に車を停めて店内に入ると、創さんが私の手を取って腕を組ませた。

「あのっ……」

「これも周囲に夫婦として見られるためだ。今日一日はこのままでいよう」

一気に緊張が込み上げてどぎまぎする私に反し、彼は小さな笑みを湛える。その表情に気圧され、考えるよりも先に素直に首を縦に振ってしまった。

「さて、俺の妻に満足してもらうためにはどうしたものか」

創さんは独り言のようにごち、私を見下ろした。彼が口にした〝妻〟というワードだけで、私の鼓動は大きく飛び跳ねる。

ドキドキしているなんてばれたら、私の中にある創さんへの想いに気づかれてしまうんじゃないかと焦り、必死に平静を装おうとした。

ところが、彼の言動に翻弄されている上、さきほどから無数の視線を感じて落ち着くことができない。

周囲の女性たちの目は、間違いなく創さんに向けられている。彼はどこにいても、たとえラフな格好をしていても、相変わらずよく目立つ。

今日の創さんは、黒いテーラードジャケットに白いシャツ、そしてチノパンというファッションだ。シンプルでありながら、しっかりとトレンド押さえている。

しかも、スタイルのいい彼が着ると、モデル顔負けなくらいかっこいい。

一方で私の装いは、スクエアネックの花柄レースの白いブラウスに、フィッシュテールのシンプルなトレンチスカート。スカートに合わせたピンクベージュのパンプスは、履き慣れた五センチヒールのものを選んだ。

一応デートを意識し、その上で創さんに少しでも見合うように甘すぎないコーデにしたつもりだけれど、彼に釣り合っているのだろうか。

答えはNOだとわかっているものの、それでも創さんと一緒に過ごせるのは嬉しくて、今日一日楽しもうと思う。もちろん、できれば彼にも楽しんでほしい。

「とりあえず、色々と見て回ろうか」

創さんの提案に頷くと、彼はレディースフロアに連れて行ってくれた。

高邑百貨店には数回しか訪れたことはないけれど、創さんはときどき足を運んでいるのだとか。私をエスコートする彼の足取りには、まったく迷いがない。

「服はどうだ？　秋服や冬服がちょうど色々出ているみたいだし」

「えっと……そうですね」

断るのは申し訳なくて頷いたものの、とりわけ欲しいものが見つからない。

目にするものはどれも可愛い。ただ、特に必要に迫られていない中で購入する気にはなれず、今クローゼットに所持しているもので充分だと思えた。

「これなんか似合うんじゃないか？」

反して、創さんはどうしても私になにか買わせたいらしく、小花柄のワンピースを手にし、私の体に合わせた。

私を見つめつつ「好みじゃないか？」と首を傾げる彼に、急いでかぶりを振る。

ラベンダー系のくすみカラーは大人可愛いデザインで、私好みだった。

なにより、創さんが私のために見立ててくれたことが嬉しくて、今日はカードを使うことになるのをわかっている手前、それならこれにしようか……なんて考える。

ところが、ちらりと見えた値札にギョッとし、思わず半歩後ずさった。

「どうした？」

「その……やっぱり、私には大人っぽいかなって……」

我ながら、下手な言い訳だと思う。けれど、彼は「そうか」と呟いただけだった。

その後も別の店舗やフロアに移動し、ラグジュアリーブランドのジュエリー、大人気ブランド『ＬＩＬＡ《リラ》』のコスメ、さらには雑貨やルームウェアまで見て回った。

ただ、どれも購入するのは気が引けてどうしても頷くことはできず、創さんもさすがに困っているようだった。

彼を振り回すのは申し訳ないのに、悩めば悩むほど物欲が消えていく。

最後にたどりついたのは、地下一階。

いわゆるデパ地下のここは、食料品売り場や和洋様々な菓子店などが並んでいる。

「あ、焼き菓子！　クッキーとかケーキとか欲しいです！」

高邑百貨店内にある店舗はすべて、普通の洋菓子店と比べると価格帯は高い。それでも、服やジュエリーよりも遥かに手が届くし、これなら私の気持ちもラクだ。

「焼き菓子って……。そんなもの、生活費で買えばいいじゃないか」

「でも、私のおやつにするので！　それに、あそこの『Salon de《サロンド》 Emilia《エミリア》』のお菓子、前から食べてみたかったんです」

「いや、だが……」

「いいんです！　今まではなかなか買えなかったので、ひとり占めしますから！」

「……わかった。それでいいよ」

必死に訴えれば、創さんが根負けしたようにふっと笑みを零した。ごく自然に笑ってくれたことが嬉しくて、つられて私まで笑顔になる。

「まったく……。お菓子を選ぶなんて、君はよくわからないな」

その場しのぎの言い分で押し切った私は、なんとか無事に彼の不信感を拭えたようだった――。


昼食を済ませたときには、十四時を回っていた。

高邑百貨店内にある中華レストランで食べた飲茶セットはとてもおいしく、なによりも創さんとランチデートまでできた。すべては〝クレジットカードを使うため〟とはいえ、彼と過ごせる時間に喜びは尽きない。

創さんは仕方なく一緒に過ごしてくれているのだろう。それを理解していても、普段よりも表情が柔らかい彼を見ていると、幸せな気持ちになれた。

もっとも、相変わらず基本的に怜悧な面差しばかりの創さんに反し、私は半日経ってもまだドキドキしながら彼と腕を組んでいたのだけれど。

「あの……今日は色々とありがとうございました」

「いや、ひとまずカードを使ってくれてよかった」

苦笑する創さんは、「これでもうハードルが下がっただろう」なんて付け足した。

曖昧に笑ってごまかしつつ、ランチもおいしかったことを伝える。

「それならよかったよ」

運転席で前を見つめる彼の横顔は、もういつも通りの雰囲気に戻ってしまっている。

往路は緊張しながらもワクワクしていたけれど、これで楽しかった時間も終わってしまうと思うと、ひとり寂しさを覚えた。

同じ家に帰るのにこんな風に感じるのは、創さんにとってはあくまで契約結婚の一端であるとわかっているから。

きっと、今後はこんな機会はそうそうないだろう。

一緒にランニングを始め、朝食を摂るようになっただけでも大きな進歩だとは思う反面、彼との距離がほんの少し近づくたびに欲が芽生えていく。

当初の目的は忘れていないのに、それを全うしようとする頭と欲張りになっていく心はどこかバラバラだった。

「花純、今日は他に予定はあるか？」

「いえ、なにもありませんけど」

「それなら少し付き合ってくれ。寄りたいところがあるんだ」

行き先はわからなかったけれど、すぐさまウインカーを左に出した創さんの誘いを断る選択肢なんてない。一秒でも長く彼と過ごしたくて、笑顔で快諾した。

「そんなに時間は取らせないから」

創さんの言葉に、時間がかかってもいいのに……なんて思う。決して口にできなくても、そう感じずにはいられなかった。

そんな私を乗せる車が着いた場所は、ＫＳＳの本社近くのコインパーキング。彼は車を停めると、本社とは逆方向に向かった。

会社に寄るのかと思ったけれど、目的地はＫＳＳショップの本店だったみたい。

創さんは、彼の腕に手を絡ませている私をそっと誘うようにして、本社から徒歩五分の距離にある直営店に足を踏み入れた。

「いらっしゃいま——社長!?」

「お疲れ様」

出迎えたスタッフが直立し、頭を深々と下げる。どよめきが走った店内の奥から、四十代前半くらいの男性がやってきた。

「お疲れ様です、社長。そちらの女性は奥様ですか?」

「ああ。妻の花純だ」

「はじめまして、奥様。店長の吉村《よしむら》です」

丁寧に腰を折る店長に、慌てて「はじめまして」とお辞儀をする。店長は好意的な笑顔を見せると、「本日はお買い物ですか？」と創さんに尋ねた。

「妻のランニングシューズを見に来たんだ」

「えっ？」

予想外のことで目を見開いて隣を見上げると、彼はふっと瞳を緩めた。

「花純のランニングシューズ、少し古いだろう？　恐らくサイズも微妙に合っていないから、買い直した方がいい」

確かに、私のランニングシューズは一年以上履いている。きちんと手入れをして大切に使っているけれど、創さんから見れば買い替えた方がいいものなんだろう。

「アドバイザーを呼んできます」

「ああ、頼む。花純はこっちへ」

少しの困惑を抱きつつも、彼に言われるがまま店内の奥へと歩を進めれば、ランニングシューズが並ぶコーナーへと連れていかれた。

「今のシューズ、少し幅が広いんじゃないか？」

「えっと、確かにそうですけど……。でも、本当にぴったりフィットするものって、意外とないですし」

ランニングシューズに限らず、いわゆるシンデレラフィットする靴に出会うのはなかなか難しい。サイズは合っているのに足の幅や甲の高さが微妙に合わない……なんてことは、誰でも一度くらいは経験したことがあるはず。

「今は靴紐で調整しているようだが、合わないシューズは足に余計な負担がかかる。膝や腰を傷める原因にもなるし、きちんと合ったものを探そう」

一方で、創さんがそこまで見抜いてくれていたことに驚き、彼に気にかけてもらえたことが嬉しかった。

「花純は足の幅が狭いから、このラインのスリム設計タイプがおすすめだ。軽量化にも長けているから体への負担も減らせるし、足の幅が狭い人にも向いているんだ」

今のランニングシューズは気に入っているけれど、創さんが私のことを考えて手に取ってくれたと思うと、すぐに履いてみたくなった。

「じゃあ、試着してみます。創さんのおすすめなら、今のシューズよりも履きやすいかもしれないですし」

「そこに座って」

ひとり掛けのソファに促され、そこに腰を下ろす。すると、彼が屈んで膝をつき、私のパンプスに手を伸ばした。

「創さん……！　私、自分でできますから……！」

慌てて制する私に、創さんが顔を上げて意味深に微笑む。その表情の意図を図りかね、思わず足を引っ込めてしまいそうになった。

ところが、一瞬早く私の足首が彼の手に捕まり、逃げられなくなる。

「いいから。こんなことで遠慮なんてするな」

そう言われても、創さんに靴を脱がされて履かせてもらうなんて申し訳ないし、緊張するに決まっている。

無意識に体を強張らせる私を余所に、彼は甲斐甲斐しく私の足にランニングシューズを履かせ、きちんと紐まで結んでくれた。

「立ってみて」

「は、はい……！」

早鐘を打つ心臓が飛び出す前に創さんの手が離れ、知らず知らずのうちに止めていた呼吸を戻す。酸素が肺にまで届くと、鼓動が少しだけ落ち着いた気がした。

そのまま立ち上がった直後、足を包む感覚に目を真ん丸にしてしまった。

「あっ……すごい……。これ、ぴったりです！」

軽く足踏みをしただけで、いつもと違うことがわかる。

数歩も歩けばそれは確信になり、まさに今この瞬間にシンデレラフィットを初体験することになった。

「すごくフィットしてるし、痛くも緩くもなくて歩きやすい。足が軽く感じます！」

感動すら込み上げてきて、声に力が入ってしまう。

創さんは満足げに笑みを浮かべ、後ろに控えていたアドバイザーの男性に「念のために見てくれ」と告げた。

「奥様、少し失礼します。……ああ、これなら問題ないですね。さすが社長、奥様の足の形をよくわかっていらっしゃいます」

「じゃあ、あとはカラーだな。花純、どれがいい？」

質問に答えるために棚に視線を遣った直後、ふと欲が湧いてしまう。けれど、今なら許される気がして、彼を見上げた。

「創さんはどれがいいと思いますか？」

「……そうだな。ブラックはどうだ？」

五色の中で一番シックなブラックを指されて、意外に思いながらも手に取る。同色のブランドロゴの入ったデザインは、自分では選ばないカラーだった。

「そういえば、社長も同じものをお持ちでしたよね」

「え？」

いつの間にか傍にいた店長の言葉に、創さんが眉をわずかに寄せた。その表情は気まずそうにも見えたけれど、思わず彼と店長を交互に見てしまう。

「好みじゃないなら、他のものに――」

「いいえ、ブラックにします！　創さんが選んでくださったものがいいですから」

前のめりに訴えれば、創さんは意表を突かれたような顔をしたあと、すぐに微かな笑みを零した。

「じゃあ、これにしよう」

彼は店長に会計を促し、財布を出そうとした私を制した。

「これは俺からのプレゼントだから」

社長である創さんならきっと購入する必要はないのに、彼の優しさに心が弾む。

たとえ世間に向けた演技であっても、単純な私は喜ばずにはいられなかった。

「社長は奥様のことが本当に大切なんですね」

「当たり前だろう」

破顔する店長に、創さんが間髪を入れることなく答える。

真実を知らない人たちにとっては、きっと私たちは仲睦まじい幸せそうな夫婦に見えるに違いない。その対角にいるなんて、彼と私以外は誰も思わないだろう。

現実を見れば、胸はチクチクと痛む。

けれど、創さんに選んでもらったというだけで、私にとってはどんなものよりも価値のあるランニングシューズになるからこそ、笑顔を崩さなかった。

「ありがとうございます。明日からのランニングが楽しみです」

「気に入ってくれたなら嬉しいよ」

今日の彼は、やっぱりよく笑ってくれる。

それも契約結婚のためだとわかっているけれど、今だけは普通の夫婦でいられる気がした――。

三章　契約妻の想い

一、予想外の変化　Ｓｉｄｅ　創

秋晴れが続く、十月上旬。

カフェスタッフである花純と籍を入れてから、早くも二か月が過ぎた。

最初のうちは最低限しか関わっていなかったが、彼女と一緒にランニングをすることになったのを機に、少しずつその関係性が変わっていった。

今では花純のことを呼び捨てにし、朝食も共にしている。彼女の作る食事はいつもおいしく、最近では会食がない日の夕食も一緒に摂るようになった。

そもそも俺は、花純に食事の支度なんてさせるつもりはなかった。契約結婚で成り立っている夫婦関係である以上、彼女に家事の面で負担をかけたくなかったからだ。

なにより、生活リズムが違った上、花純は三交代制のシフトで働いており、家で顔を合わせる機会も少ない。そんな結婚当初だったこともあり、彼女にはまずはここでの生活に慣れてもらいたかったし、無理をしてほしくないとも思っていた。

それに、家の中まで夫婦として過ごす必要はなく、言ってしまえばシェアハウスのようなものだと捉えてもらえればいいと考え、そうなるように努めるつもりだった。

俺のこういった考え方が花純を傷つけたのかもしれない……と気づいたのは、初めて彼女が夕食に誘ってくれたあとのこと。

仕事が一段落してからキッチンに行き、冷蔵庫を開けた直後に視界に入ってきたものに目を見開いてしまった。

ラップがかけられた、オムライスとスープ。彼女が俺の分も用意した上で声をかけてくれたのだと知り、断ったことに対する罪悪感が芽生えた。

俺としては花純に余計な負担を背負わせたくなかっただけだったが、彼女も俺のことを気遣ってくれたのだろう。

冷蔵庫にぽつんと置かれた料理を見て、花純の好意を無下にしたことへの反省と後悔を抱いたが……。その後、何事もなかったようにする彼女を見ると、この話題に触れるのをためらってしまい、とうとう謝罪はできなかった。

ところが、花純は再び同じように声をかけてくれた。

ふたり分の食事が用意されたテーブルを見たときは驚いたものの、今度こそ彼女の好意を受け取る機会に恵まれたのだ。

日頃から会食が多い俺にとって、食事は楽しむものという概念はなく、リラックスできる時間でもない。あくまで仕事の一環のため、仕方なく摂ることがほとんどだ。

そのせいで、他人との食事なんて煩わしい……というのが本音だった。

けれど、花純との食事の時間では不思議と肩の力が抜け、最近ではその日あったことなどを話すまでになっている。『おいしい』と伝えれば素直に喜ぶ彼女の笑顔を見ると、ガラにもなく笑みが零れることもあった。

契約結婚を切り出した時点で、突飛なことをしているという自覚はあったが、今はこの生活が悪くないと思えるようになっている。

ただひとつの懸念を除いては——。

＊　＊　＊

十月も中旬に入った頃。

花純が作ってくれた夕食を食べたあとで、彼女をソファに促した。

「来週の土曜日、付き合ってほしいところがあるんだ。悪いが、都合をつけてもらえないだろうか」

「……はい、大丈夫です。またパーティーですか？」

一瞬だけ戸惑いを見せた花純は、すぐさま笑顔で頷いた。

「いや、パーティーじゃない。だが、ドレスコードはある。その日、俺は展示会に行かなくてはいけないが、昼過ぎには帰宅する。少し遅めのランチのあと、この間の店でドレスを用意して会場に向かおう」

「ドレスなら、あのときに買ってもらったものでも……」

「あれは夏向きのカラーだし、今後のためにも何着か用意しておいた方がいい」

俺の提案に素直に快諾した彼女が、嬉しそうに頬を緩める。

その表情が意味するのは、恐らくドレスを新調することへの喜びではない。確信はないが、なんとなくそうだろうと思った。

なぜなら、花純は相変わらずクレジットカードを使用していないからだ。

高邑百貨店で焼き菓子を買ったとき以降も、彼女はまったく贅沢をしようとしないどころか、最低限の生活費で過ごしているようだった。

服やバッグはもちろん、ジュエリーや靴も購入した素振りはなく、ランニングウェアだって増えていない。俺が見立てたランニングシューズを含めても、花純の持ち物で新調したものはパーティーのときに購入したドレスくらいだ。

（金が欲しいわけじゃなさそうだったが、欲しいものもないのか？　家具もいらないと言われたし、これまでになにかをねだられたこともないんだよな）

彼女のことはよく見ているつもりだが、派手な生活を送ろうともしない。

変わったことと言えば、ランニングを機に他愛のない会話が増え、自然な笑顔を見せるようになったくらいだ。

以前よりも話をする機会も多くなったからか、最近の花純は最初の頃の緊張感を忘れたようにリラックスした様子でいる。彼女が気兼ねなく暮らしていけるに越したことはないし、家の中で自然体でいてくれるのはいい傾向ではある。

そう思う反面、花純と一緒に過ごせば過ごすほど、彼女の意図がどんどんわからなくなっていった。

そして今は、〝贅沢な生活がしたい〟というのはそもそも俺の勘違いだったのではないか……と思い始めているくらいには、違和感を抱いている。

その最たる理由は、花純の態度だ。

さきほどからずっと喜色を浮かべる彼女の声が、いつもよりも明るい。俺に向けてくる瞳は、楽しみだと言わんばかりに輝いているように見えた。

花純は散財するどころか、自分のものを買おうとしない。それを知っている以上、彼女がドレスを新調することに対してこんなに嬉しそうにするとは思えない。

「創さんが帰宅したらすぐに家を出られるように、準備して待っていますね」

「ああ、そうしてもらえると助かるよ」

屈託のない笑みを惜しみなく向けられて、俺と出かけることを喜んでいると捉えるのは自惚れだろうか。

ただ、ランニングに誘ったときや高邑百貨店に行ったときのことを思い出せば、それがあながち遠いとも言い切れないのが厄介だった。

俺たちは三年後に離婚する、偽りの夫婦だ。円満に過ごせるのは願ってもいない状況だが、万が一にも恋愛感情を持たれてしまっては困る。

麻耶に言われた通り、俺はきっと誰も幸せにできないのだろう。

それを自覚しているからこそ、もう恋愛も結婚もする気はないのだから――。


翌日、大学時代の友人――浅香俊介《あさかしゅんすけ》が経営するバー、『TRIGGER《トリガー》』に足を運んだ。

「結婚……!?　お前が!?」

「俺以外の結婚報告を、わざわざお前にするわけがないだろう」

「いや、あのなぁ……十年来の友達なんだから、せめて連絡くらいしろよ！　お前、

「俺が声かけなかったら、まだ報告する気なんてなかっただろ」

店休日の店内に、浅香の声が響く。パーマをかけた明るめの茶髪に手を差し込んだ浅香は、ため息混じりに頭をガシガシと掻いた。

人懐っこい瞳は不満げに俺を見遣り、眉はひそめられている。

「たまにしか会わない関係なんだ。別に連絡するほどでもないだろう」

「いや、結婚だぞ？　俺は報告しただろ！　お前は昔から秘密主義だよな」

「ご丁寧に、一年後に離婚したときにも連絡をくれたな」

「……君嶋の御曹司は、随分とひねくれてるな。幼気な友達の古傷を抉るなんて」

「離婚してからの三年で何人も恋人がいた奴のどこが幼気なんだ」

「ありがたいことに、バツイチになってからの方がモテるんだよ」

ニッと口角を上げた浅香は、昔から少し変わっている。

多くの友人に囲まれながらも誰とも特別に親しくはせず、常に笑顔でいるのに心の奥には踏み込ませないような壁があった。恋人も頻繁に変わっていたし、フリーになるや否や新しい女性が隣にいるのは当たり前だった。

遠目で見ていたときには胡散臭い奴だと思っていたが、話してみると意外にも気楽に接することができ、今でもこうしてときどき会ってる。

浅香の実家は酒蔵を営んでいるが、年の離れた兄が継いでいるため、浅香自身は家業を継ぐ必要はない。あの頃から『飲食店でもやるよ』と言っていた浅香は、一度は外資系の企業に就職したあとで、有言実行するがごとくこの店を立ち上げた。

以来、経営は順調のようで、俺も仕事ばかりの日々を送っているため、先日久しぶりに連絡をもらうまでは一年ほど会っていなかった。

だからといって気まずくなるわけでもなく、会えば昔と変わらない空気感で接してくれる浅香との時間は変に気兼ねをすることもない。

きっとこれが、浅香との友人関係が続いている一番の理由だろう。

「しかし、お前が結婚するとはな。どういう心境の変化だよ」

「別に深い理由はない。ただ、結婚してもいいと思える女性に出会っただけだ」

真実ではないかもしれないが、決して嘘ではない。あの夜、神田さんの店で花純と話したことで、彼女となら結婚してもいいと思えたのは事実だ。

「……へぇ。お前の口からそんな言葉が出るなんて、ますます意外だな。まぁ、そういう人に出会えてよかったよ。お前、一時期は人を寄せつけない雰囲気だったし」

浅香がいつの話をしているのかはわかっていたが、無言でやり過ごす。出された年代物のウイスキーが、妙に喉に引っかかった。

俺の様子に苦笑を浮かべた浅香が、「傷はまだ癒えないか」とひとりごちる。それから程なくして、持っていたグラスを俺のグラスに軽く当てた。

「指輪が似合わなさすぎるけど、おめでとう」

「一言多いが、ありがとう」

「お前は色々と不器用だから、相談ならいつでも乗ってやるよ」

にやにやと人の悪い笑顔を見せる浅香に、「余計なお世話だ」とため息を返す。

「はいはい。でもまぁ、こんなところで飲んでないで、早く帰った方がいいぞ。俺の離婚原因は、多忙によるすれ違いだったからな」

「ご忠告どうも」

「今度、奥さんに会わせろよ。結婚しないって言ってたお前の気持ちを変えたってだけで、どんな女なのか興味がそそられる」

「……気が向いたらな」

「心配しなくても口説かないけど」

どうやら浅香は、俺が警戒していると思ったようだ。もちろんそんな心配はしていないが、契約結婚だと気づかれないためにもそう思ってくれていた方が都合がいい。

結局、浅香とは二時間ほど飲み、帰宅したときには二十三時を回っていた。

＊　＊　＊

十月も下旬に入った、二十二日。

予定通りスポーツ用品の展示会に足を運び、十三時前に帰宅した。花純はすでに身支度を整え、「おかえりなさい」と迎えてくれた。

「ただいま」

こんなやり取りも、すっかり自然になっている。今日も笑顔の彼女も、当たり前のように声をかけてくれるようになった。

他人との生活なんて、煩わしさが勝ると思っていた。ところが、これが意外にも居心地が好く、むしろ最近では快適さすら感じている。

恐らく、俺たちの仲が深まっていく中でも、花純がある程度の距離感を保ってくれているからだろう。俺に合わせてくれる彼女には、感謝の気持ちが絶えない。

「準備はできているみたいだな。じゃあ、このまま出ようか」

花純は頷くと、シックなネイビーの生地に小花がデザインされたワンピースの裾を揺らして玄関に向かい、グレージュのパンプスに足を入れた。

緩く巻いてハーフアップにされた髪は、いつもと雰囲気が違う。ランニングに行くときのカジュアルな感じに反し、大人っぽい横顔につい見入ってしまった。

ランチは、自宅から車で十分ほどの外資系ホテルの和食レストランで軽く食べ、先日訪れたラグジュアリーブランドの本店へと足を運んだ。前回と同様にVIPルームに促され、彼女のイメージに合いそうなドレスを何着か見繕ってもらう。

花純は身の置き場がなさそうにしつつも、次々に試着していった。

「……どうでしょうか？」

おずおずと出てきた彼女の顔つきは、羞恥と不安がない交ぜになっている。

シンプルなペールピンクのドレスは、花純によく似合っていた。だが、それよりも最初に身に纏ったボルドーの方が、彼女の白い肌にいっそう映える。

傍に控えている女性スタッフは「お似合いです！」と笑顔を見せたが、花純は気恥ずかしそうに微笑むと、俺の意見を窺うようにこちらに視線を戻した。

「そうだな、これもいい。だが、一着目のボルドーが一番よかった」

「私には派手じゃなかったですか？」

「いや、そんなことはない。花純は淡いカラーやシンプルなものも似合うが、ああいうはっきりした色もいいと思う」

笑みを浮かべる俺に、彼女が頬を赤らめる。耳まで朱に染まったその表情は、単純な喜びや羞恥だけではない気がしたが、俺はあえて続きを紡いだ。

「花純はどれが気に入った？」

「私はどれでも……。ドレスって選ぶのが難しいので、創さんにお任せします」

「それなら、今日はボルドーにしよう。だが、そのペールピンクもよく似合っているから、こっちも一緒に買おう。靴も二足ほど必要だな」

「えっ⁉ でも、この間買ってもらったものが……」

「あれはブルー系のレースがあしらわれていたから、この二着には合わないだろう。今後もパーティーはあるし、ドレスに合わせて靴も何足か持っておいた方がいい」

戸惑う花純に言い切ると、彼女はためらいを残しつつも小さく頷いた。

その後、靴なども選び、会計を済ませている間に花純には着替えてもらった。

ボルドーのドレスは、肩から五分丈になっている袖口まで大きな花のレースが施され、ミディアム丈のスカートは同様のレースとプリーツ生地が組み合わされている。

パールのブレスレットとピアスをつけ、シャンパンカラーのクラッチバッグと同色系の七センチヒールの靴でコーディネートすれば、華やかな装いになった。

「ああ、やっぱりよく似合っている」

感想をそのまま口すると、彼女は頬を赤らめながら面映ゆそうにした。直後にわずかに戸惑ったのは、その反応に込められた意味を深読みしてしまったから。

けれど、それと同時に込み上げてきたのは、まんざらでもないような感覚だった。恋愛感情なんて持たれては困るのに、素直な反応を好意的に捉えてしまう。そこに深い理由はなく、ただ花純の態度に好感を抱いているに過ぎない。

きっと、彼女との関係を順調に育んでいるから、こんな風に思うのだろう。八歳も離れているため、妹を見るような感覚でもあるのかもしれない。

ときに抱く戸惑い混じりの複雑な感情には困らされているが、花純とは三年間なんとか上手くやっていきたいからこそ、彼女との距離感を図りあぐねていた。


今日はヘアメイクの必要はないと判断し、日の出ふ頭《ひ で とう》方面へと向かった。近くのホテルに車を停めてラウンジでコーヒーを飲みながら休憩し、一時間ほどしてから目的地である日の出ふ頭まで歩いた。

ヒールは苦手らしい花純に腕を貸せば、彼女は恥じらうようにしつつも喜色を浮かべていて、その初心《うぶ》な反応に男心がくすぐられる。

「あ、創さん、猫がいますよ！」

道中、野良猫を見つけて笑顔になった彼女に、俺もつられて表情が和らいだ。

花純の実家にはだいふくという猫がいるが、彼女は猫が好きなのだとか。だいふくのことを話すときはいつも、とにかく楽しそうだった。

ランニング中にも頻繁に猫を見つける花純いわく、『猫センサーが働く』ようだ。

俺にはよくわからなかったが、彼女の言い分はおもしろく思えた。

普段接するのは華美な生活を送っている女性ばかりのせいか、花純の反応はいちいち不思議で、新たな発見をさせられる気分にもなる。そんな彼女に好感を持っているのも確かで、だからこそ一緒にいると居心地が好いのかもしれない。

「そういえば、結局どこに行くんですか？」

「これからクルーザーに乗る。もう乗り場に着くよ」

「え？　クルーザーでどこかに行くってことですか？」

「いや、ディナークルーズだよ。今夜はクルージングしながら夕食を楽しもう」

目を真ん丸にする花純は、予想だにしていなかったようだ。サプライズを意識したわけではないが、満面の笑みの彼女を前にして好感触だというのは伝わってくる。

「私、ディナークルーズなんて初めてです！」

「それならよかった。今からだと、サンセットと夜景の両方が楽しめるよ」

途端に子どものようにワクワクした表情を向けられ、ふっと笑みが漏れてしまう。

ここ数年あまり笑うことがなくなっていた自覚はあったが、花純と一緒にいると息をするように自然と笑みを零すことが多い。

彼女の人柄や空気感がそうさせるのだろうというのは、もうわかっている。

そして、意外にも俺は、プライベートでは人と関わることを避けていたのが嘘のように、そんな自分自身を受け入れ始めていた。

「あれがクルーザーだ」

俺が指差した方向に視線を遣った花純は、ますます瞳を輝かせた。

貸切ではないが、一日三組限定のディナークルーズだから、ゆっくり過ごせるだろう。以前に会食で利用したことがあるため、料理もおいしいのはわかっている。

クルーザーに足を踏み入れてデッキに行くと、夕日を背負うレインボーブリッジが見えた。ライトアップされた東京タワーと重なり、申し分のない景観である。

「創さん！　夕焼けがすごく綺麗ですよ！　それに、レインボーブリッジと東京タワーも！　今の時間帯でこんなに綺麗なら、夜景はもっとすごいんでしょうね」

珍しく興奮した様子の彼女は、少女のように素直に感動している。驚いたり笑顔になったりする様に、気づけば俺も微笑んでいた。

風は少しあるが、今日は気温が高かったこともあり、寒くはない。念のために花純に確認すると、「コートを着ているので大丈夫です」と返ってきた。

十分ほどして出港したクルーザーは、秋の海の上で波を割るように走り出した。

夕日が沈みかけている空は藍色が深まり、戻ってくる頃にはさらに美しい景色を見せてくれるだろう。夕食は十五分後に用意されることになっており、それまでは彼女のリクエストでデッキのベンチで景色を楽しむことにした。

「よろしければ、お撮りしましょうか」

すると、スマホで景観を撮る花純を見ていたスタッフに声をかけられた。彼女は俺を気遣うように見遣り、答えに困っているようだったため、代わりに口を開く。

「せっかくだから撮ってもらおうか」

パッと満面に喜びを広げた花純は、スタッフにスマホを預けた。

思わせぶりだったか……と懸念する反面、彼女の笑顔を見ていると後悔はなく、自然と寄り添うようにして写真を撮ってもらった。

花純はわずかに体を強張らせていたが、スマホの画面に映る彼女は面映ゆそうに瞳を緩めていて、俺もつられてしまう。

そのままスタッフに促され、ディナーが振る舞われる船内に移動した。

生演奏のピアノにも、花純は感動していた。

「花純、乾杯しようか」

「え？　でも、創さんは運転が……」

「今夜はタクシーで帰るつもりなんだ。車は明日取りに来るから」

俺の言葉に笑みを見せたが、アルコールに弱い彼女にはあまり飲ませる気はない。シャンパンで軽く乾杯をしたあとは、ペリエやジンジャーエール、ノンアルコールカクテルを用意してもらっている。

それでも、一杯目だけは……と考えていたのには理由があった。

「花純、二十五歳の誕生日おめでとう」

シャンパングラスを掲げた花純に微笑めば、彼女は意表を突かれたように瞠目し、静止してしまった。今日一番の驚嘆の顔を前に、ふっと口元が緩む。

「誕生日……知っていたんですか……？」

「妻の誕生日くらい覚えているよ」

花純は俺の誕生日なんて知らないだろうが、ＫＳＳのスタッフである彼女の履歴書はいつでも見られるし、婚姻届を書いたときにも確認している。

もっとも、そのときにはこんな風に祝う未来なんて想像もしていなかったけれど。

「……ッ、嬉しい……。すごく、すごく嬉しいです……！」

声を震わせる花純は、瞳を潤ませているようにも見えた。まさかここまで感激されるとは思ってもみなくて、面食らって苦笑してしまう。

けれど、乾杯するために目配せをすれば、彼女は愛らしい笑顔で小さく頷いた。

料理が運ばれてくると、花純はスタッフの説明に聞き入り、俺はあまりにも真剣な彼女の表情を見ながら喉の奥で笑いを噛み殺した。

オードブルは、魚介のマリネと秋野菜のテリーヌ。スープは、さつまいものポタージュ。トラウトサーモンのポワレにはキャビアが、そして国内最高級の牛肉を使ったポワレにはポム・ドフィーヌが添えられていた。

少し離れた場所に待機していた男性スタッフに視線を送れば、彼がピアニストに合図をする。直後、ホール内のライトが消え、伴奏がバースデーソングに変わった。

聴きなじみのある曲に、テーブルの上にあるキャンドルに照らされた花純の瞳が大きく見開かれる。俺が微笑みを向ければ、彼女の顔に笑みが広がった。

そのさなかに『Happy birthday』と書かれた小さなホールケーキが運ばれ、改めて祝福の言葉をかけると、花純は「ありがとうございます」と破顔した。

彼女がろうそくの火を吹き消し、ライトが点灯する。同時にピアノ演奏が終わって、スタッフたちや他の二組の客から拍手が送られ、再びスタッフがやってきた。

「奥様、本日はお誕生日おめでとうございます。こちらは旦那様からの贈り物です」

その手には二十五本の深紅のバラであつらえた花束があり、彼が花純に手渡した。

瞬間、彼女の瞳には透明な雫が光った。

「ありがとうございます……。花束なんてもらったの、初めてです。上手く言葉にできないけど、本当に嬉しくて……」

「そんなに感動されるとは思わなかったよ」

ここでやめておこうかと悩んだのは、一瞬のこと。体裁を繕うような迷いを消して小さな箱を出し、花純の前に差し出した。

「花純のイメージで選んでみたんだ。気に入ってくれると嬉しいんだが」

これ以上ないくらいに大きな目が真ん丸になり、次いで感極まったように涙を零した彼女に、胸が微かに締めつけられた気がした。

プレゼントを用意したのは、花純への日頃の感謝もあったからだ。だから、心で燻ぶる感覚が、罪悪感や後ろめたさから芽生えたものではないことを祈ってしまう。

彼女がそっと箱を開けると、雫型のダイヤモンドが輝きを放った。パヴェタイプのネックレスには大きさが異なるダイヤが敷き詰められ、幾重にも光が重なっている。

言葉を失った様子の花純は、しばらくの間そのジュエリーに見入ったまま微動だにしなかった。見かねた俺は席を立ち、彼女の後ろに回ってネックレスを手に取る。

「あっ……！　創さん……」

「そのまま動かないで」

振り返った花純を制して彼女の髪をサイドに寄せ、白く細い首に手を回してネックレスをつけてあげれば、華奢な肩が震えていることに気づいた。

今度はゆっくりと振り向いた花純が、濡れた瞳で俺を見上げてくる。

窓の向こうを彩る夜景よりもずっと美しいかんばせに鼓動が跳ね、なぜかすぐに言葉が出てこなかった。

初めての感覚に戸惑い、目を合わせられなくなってしまう。

そんな俺を余所に、彼女はただ幸せそうに微笑んでいた――。

二、隠し切れなくなった想い

寝ても覚めても思い出すのは、美しい夜景が望める船内で刻まれた甘いひととき。

『そのまま動かないで』

耳朶を撫でた、低く穏やかな声。

髪を寄せられてうなじを剝き出しにされたせいで、創さんの吐息が肌をかすめながら指先が首筋に触れ、彼の体温を直接感じた。

ネックレスがやけに冷たく感じたのは、その温もりのせいか、私の全身を包んでいた熱のせいか……。きっと、どちらも正しい――。

「――っ！　ああっ、遅刻しちゃう！」

ネックレスをつけたのを機に意識が飛んでいたようで、気づけばメイクを終えてから十分近くが過ぎていた。最近は、こんなことが多い。

（でも、つい思い出しちゃうんだもん……）

ネックレスをつけるとき、ひとりで過ごしている時間や寝る前。油断すればぼんやりするとわかっているのに、いつの間にかあの夜のことばかり反芻してしまう。

鏡に映る私のチークを乗せたばかりの頬は、予想通り真っ赤になっている。

(だって、あんなに素敵な誕生日は人生で初めてだったから……)

これまでに恋人すらいたことがなかった私は、好きな人と誕生日を過ごすこと自体が初めてだった。それなのに、突然まるで夢のような時間が訪れたのだ。

創さんから十月二十二日の都合を訊かれたときには、一瞬だけ期待してしまったけれど……。まさか彼が私の誕生日をちゃんと覚えてくれているとは思わなかったし、芽生えた淡い期待を打ち消し、おこがましい願望を押し込めた。

ところが、なにも聞かされないまま連れていかれたディナークルーズに驚いていると、さらに追い打ちをかけるように彼から祝福の言葉を紡がれたのだ。

喜びなんて感情をあっという間に振り切った胸は詰まり、感極まる中で涙をこらえるのが精一杯だった。

偽りの結婚で、愛なんてない。けれど、私にとっては好きな人。

そんな創さんが私のために時間を作り、お祝いの方法を考えて、素敵なプレゼントまで用意してくれていた。

必死に涙をこらえようとしても、彼から繰り出されるサプライズの数々に感動は留まることを知らず、瞳は簡単に潤んでしまった。

あの日から半月以上が経った今も、その気持ちは薄れるどころか、ネックレスを見るたびに幸福感が強くなっていくばかりだ――。

「ただいま」

その夜、二十時前に帰宅した創さんに「おかえりなさい」と笑顔を向ければ、キッチンに入ってきた彼も微笑みを返してくれた。

料理中で手が離せなかったけれど、いつからか創さんは自ら声をかけにきてくれるようになった。最初の頃は他人行儀だったのに、今は穏やかな時間が流れている。

「今日はバターチキンカレーです。創さん、カレーって好きですか？」

「特に苦手なものはないが、カレーも結構好きな方かな」

「じゃあ、期待していてくださいね。今日のカレーはキッチンスタッフ直伝なので、おいしくできていると思いますから」

最近の私たちは自然と会話ができるようになり、三か月前とはまったく違う。

創さんも随分と笑ってくれるようになった。最近まで、彼はあまり笑わない人かと思っていたけれど、どうやら気を許してくれるとそんなことはないみたい。

人に話せば呆れられるような、小さな変化かもしれない。

それでも、創さんとの関係性が少しずつ変わっていくのが嬉しくて、彼と過ごす毎日が楽しかった。

「本当においしそうだな」

完成間近のバターチキンカレーを見る創さんに、ふふっと笑ってしまう。なんだか子どもみたいで、彼らしくない態度が可愛く思えた。

「もうできますよ。……ッ！」

そんな横顔に見入っていた私は、うっかりフライパンの縁に触れてしまった。痛みと熱に驚いて咄嗟に右手を引っ込めれば、持っていたターナーが落ちた。

慌てて拾おうとした刹那、大きな手が私の右手を奪うように摑む。

「なにやっているんだ！」

創さんは左手で水道のタッチセンサーに触れ、自分の右手ごと流水の下に私の手を持っていった。直後、彼のスーツの袖口が水に濡れた。

「創さん、スーツがっ……！」

「バカ！　そんなことはどうでもいい！　火傷は早く冷やさないと痕が残るぞ！」

創さんらしくない強い口調と冷静さを欠いた面持ちに、驚きのあまり続く言葉が出てこない。その間にも、彼のスーツは水を浴びていく。

びしょ濡れの高級スーツも、フローリングを汚したターナーも、気になって仕方がないのに……。ぴたりとくっつく創さんの体から伝わる体温と彼の香りに、脳が酩酊感を抱いたようにクラクラと揺れる。

不謹慎にも鼓動は高鳴って、うるさいくらいに暴れ始めた。

「痛むか？」

「い、いえ……。少し触れただけですし、痛みはあまり……」

早鐘を打つ心臓が今にも飛び出してしまいそうで、右手はなんともないのに胸が痛む。呼吸は浅くなっていき、それをごまかすように息を深く吐いた。

「あの、すみません……。スーツも床も汚してしまって……」

「そんなことは気にしなくていい。スーツはどうせクリーニングに出すし、床だって拭けば済む。それより、花純の手に火傷の痕が残る方が問題だ」

「創さん……」

なんとか動揺を押し込めて微笑んだけれど、創さんはまだ手を離してくれない。彼の体温や香りを意識しないように努め、長く感じた時間をどうにか乗り切った。

「本当に大丈夫か？」

「はい。赤くもなっていませんし、痛みもまったくないですから」

ようやく解放された手を見せれば、創さんが再び私の右手を取って、患部をまじまじと見つめた。手を見られているだけなのに、なんだか緊張してしまう。

「大丈夫そうだな」

「はい。ありがとうございます。えっと……スーツ、本当にごめんなさい」

「いや、本当に気にしなくていい。それより、俺の方こそきつい言い方をしてすまなかった。しかも、バカなんて言ってしまったな……」

そういえば、確かに『バカ』と言われた。

さきほどは気に留める余裕がなかったけれど、思えばまったく彼らしくない言葉と声音だった。いつも冷静な姿ばかり見ているからこそ、余計にそう感じる。

「ふふっ、バカって……！　創さんがそんな言葉を使うなんて……」

創さんは私のことを心配してくれて、真剣だっただけ。それはわかっているのに、初めて目の当たりにした彼の珍しい言動に笑いが込み上げてきた。

「そんなにおかしいか？」

肩を震わせる私に、創さんが怪訝そうにしている。私はなんとか気持ちを落ち着かせ、彼を見つめながらかぶりを振った。

「おかしかったですけど、それよりも嬉しいんです」

「嬉しい？」

創さんは、ますます眉根を寄せて小首を傾げる。

「だって、『バカ』なんて言われたってことは、それだけ親しくなれたってことじゃないですか。気心が知れていないと、きっとあんなこと言えませんから」

直後、彼が目を丸くし、考え込むように押し黙ってしまった。

「バカもきつい口調も、私たちの距離が近づいた証だと思います」

それに構わず、喜びを浮かべたままの顔で続ける。

「だから私は、創さんが心配してくれたことも、創さんらしくない口調で叱ってくれたことも、すごく嬉しかったです」

もう拍動は落ち着いていたけれど、なんだか照れくさくなった。むずがゆい感覚を隠すように笑うと、彼の瞳がたわんだ。

「そうか。確かに、花純の言う通りだな」

共感を覗かせて頷く創さんが、ふっと笑みを零す。

「そんな考えには及びもしなかったが、言われてみれば親しくなければバカなんて言えないか。ああいう咄嗟のときは、やっぱり素直な感情が出るものだな」

柔和な面差しの彼が向けてくる眼差しに、胸が甘い音を立てる。平静を取り戻していたはずの鼓動がまた跳ね上がり、早鐘を打つ準備をし始めた。

「やっぱり、花純を選んでよかったよ」

その言葉を都合よく解釈するのは、きっと自惚れだ。

創さんは契約結婚をした相手が私でよかった……という意味で言っただけで、そこに他意はない。彼がそういう人だということくらい、もう重々知っている。

「そう言ってもらえてよかったです」

だからこそ、なんでもないふりをして、単純な心を密かにたしなめた。

「そういえば、そのネックレス、毎日つけてくれているんだな」

ところが、創さんがそんなことを口にしたせいで、胸の奥が勝手にきゅうっと戦慄いた。彼は本当に、私の心をかき乱すのが上手い。

「はい。お気に入りですから」

それでも私は、バカ正直に答えてしまう。だって、とても嬉しかったから。

ついでにしっかり満面の笑みまで添えるなんて、単純にも程がある。

「それならよかった。悩んだ甲斐があったよ」

けれど、なにげなく零された言葉に舞い上がり、冷静ではいられなかった。

今夜の創さんは、どうしてか雰囲気が柔らかい。最近の彼はずっとそうだったものの、今日はこれまでで一番穏やかで優しい。

近づいた距離がそうさせているのか、私が思っている以上に創さんも心を許してくれているのか。どちらにしても、今ならもう一歩踏み込める気がした。

「あの、前からずっと気になっていたことがあって……。訊いてもいいですか？」

「ああ、いいよ」

ずっと気がかりだったことに触れられずにいたけれど、今夜の彼なら受け入れてくれる。そんな自信とともに口を開いた。

「あの日、社長室でお義父様が話していた〝あのとき〟って、いつのことですか？あれはどういう意味だったんですか？」

息継ぎもそこそこに言い切った刹那、創さんの顔からスッと笑みが消えた。途端に彼の纏う空気が冷たさを帯び、その双眸は温度を忘れたように鋭くなった。

しまった……なんて脳裏に過ったときにはもう遅く、どうしたって後戻りできないことに気づく。慄く心が縮こまり、心臓が容赦なく摑まれた気がした。

氷点下にすら思える創さんの視線を、ただ受け止めることしかできない。謝罪を紡ごうとした唇は動かず、彼と向かい合ったまま呼吸が止まってしまいそうだった。

「君の言う通り、俺たちの距離は近づいたかもしれない。だが、それでも話す必要がないこともある。不用意に余計な詮索はしないでくれ」

低い声に、突き放した言い方。創さんらしくない態度に、肩がびくりと跳ねた。

私が悪いとわかっているのに鼻の奥がツンと痛み、彼を映す瞳に膜が張る。喉から込み上げる熱をこらえたのと同時に、胸がズキズキと軋んだ。

「……すまない。少し出てくる」

言うが早く廊下に向かった背中を、慌てて追いかける。

「創さんっ……！　ごめんなさい、私……！」

「いや、君は悪くない。だが、今は一緒にいない方がいいだろう」

けれど、創さんは眉根を寄せて静かに言い置き、家から出ていってしまった。

最後にちらりと視界に入ってきた横顔は、なぜか傷ついているように見えた。

追いかけなくてはいけない。頭ではそう思うのに、体がちっとも動かない。

「バカ……」

さきほど彼が口にしたのとは全然違う意味を持つ言葉が、センサーライトに照らされた廊下に吸い込まれた。

水膜が破れて頬を伝い始めた雫が、ぽたぽたと落ちていく。

舞い上がりすぎた自身の態度を心から悔いても、今さらどうすることもできない。

数分前までの楽しかった時間が嘘のように、痛いほどの静寂に包まれていた――。

＊　＊　＊

翌朝、私は初めて創さんとのランニングをサボった。

彼が深夜に帰宅したことは知っていたけれど、顔を合わせるのが気まずくて昨夜も今朝も部屋から出ることができなかった。

逃げ出すなんて、卑怯だと思う。それでも、傷ついたような創さんの顔が脳裏に焼きついて、面と向かえば後悔と不甲斐なさに泣いてしまいそうだった。

彼もきっと、出勤前に顔を合わせたくはなかっただろう。

とはいえ、同じ家に住んでいるのにずっとこんな態度でいるわけにはいかないし、なによりも私は謝罪をしなくてはいけない。

いくら創さんとの距離が近づいたとしても、彼が触れられたくないことに踏み込むなんてルール違反を犯してしまったのだから。

「……ただいま」

「……っ、おかえりなさい」

創さんが帰宅したのは二十二時頃だった。

会食があることは数日前に聞いていたけれど、もしかしたら彼は帰ってきてくれないかもしれないと不安になっていたから、思わず安堵してしまう。

「あの……お話が……」

「俺も話がある。少し座ろう」

片手でネクタイを緩める創さんが、ソファへと促してきた。

隣に座る勇気はなくて、不自然に距離を置いて腰を下ろす。そんな私と彼の目は、まだ一度も合っていない。

「昨日は……不躾に干渉してしまって、本当にすみませんでした。それに、今朝のランニングのことも……」

緊張で息が苦しくなりそうな中でもすぐに本題を切り出したのは、時間が経てば経つほどなにも言えなくなってしまう気がしたから。

消え入りそうな声がリビングに吸い込まれると、いっそう空気が重くなった。

「いや……謝らないといけないのは俺の方だ。ひどい言い方をしてすまなかった」

「いえ……！　昨日のことは私が悪いんです」

創さんがらしくない物言いをしたのは、私が余計な詮索をしてしまったせいだ。

結婚した頃よりもずっと優しくなった創さんの態度に気が大きくなり、彼の過去に踏み込んでしまった。どう考えても、総じて浅はかだった私が悪い。

「確かに、君の質問は触れられたくないことではあった。だが、たとえ契約結婚であっても夫婦としてやっていこうというのに、あの日のことを君が疑問に感じているとわかっていながら話さなかった。それに……」

けれど、創さんは私を責めるどころか、伏せた目に罪悪感を浮かべている。

「双方にメリットがあるように見せかけて、俺の都合ばかり押しつけているのも事実だ。実際、君はなにひとつわがままも言わない」

「そんなこと……」

このマンションも、日々の暮らしも、私にはすでに裕福すぎる。

ただ、複雑そうにため息をついた彼にとっては、そうは思えないのだろう。

「昨日からずっと考えていた」

「え？」

「決して人に話したいことじゃない。だが……」

迷いを捨て切れないような瞳が、創さんを見つめている私を映す。彼は、ためらいを残したまま息をゆっくりと吐いた。

「君には……花純には話してみようと思った」

「創さん……」

深呼吸をした創さんが、「聞いてくれるか？」と眉を寄せる。

私がすぐさま大きく頷けば、彼も相槌を打つように首を縦に振った。


創さんの口からぽつりぽつりと語られていくのは、彼が歩んできた過去のこと。

悲しくて切ない思い出たちに、胸が締めつけられる。

「俺が不甲斐なかったのはわかっている。だが、疑うことから始めるように教えられてきた人生を歩んでいた俺にとって、ふたりは特別で大切な存在だったんだ」

噛みしめるような言葉が、静寂を割っていく。

誰が悪いのか、なんてわからない。

だって、私には誰も悪くないように思えたから。

つらいことを創さんに相談できなかった麻耶さんも、麻耶さんを支えていた岩倉さんも、そして麻耶さんとの未来を見据えて必死に頑張っていた創さんも――。

麻耶さんが浮気したことや、創さんと親友だった岩倉さんが順序を守らずに彼女と付き合うことになったのは、弁解の余地もないほどに悪い。

それでも、創さんから話を聞く限りでは、ふたりはふたりなりに苦しんでいた気もしてしまう。

創さんだって、傷つきながらもそれをわかっていたからこそ、ふたりを責めなかったんじゃないだろうか。彼はきっと、そういう人だ。

創さんが優しい人だと知った今、彼自身が自分が悪いと思っているのなら、恋人や親友を責めたとは思えない。

現に、創さんはあくまで過去を語りながらも、ふたりを責めるような言い方は一度もしていなかった。それがまた、悲しさを感じさせた。

「なにより、『あなたみたいな冷たい人は誰も愛せないし、誰も幸せにできない』と言われてもっともだと思ったし、『あなたには人を愛する資格なんてない』という言葉にも妙に納得させられてしまったんだ」

元恋人からの言葉は、彼にとって大きな枷になってしまったんだろう。

大切だったからこそ、向けられた言葉にはいっそう重みが増し、創さんの心を深く傷つけた。今もまだ、彼を後悔と罪悪感の渦中に沈めたままでいるほどに……。

「もともと、恋愛にも結婚にもそんなに魅力を感じていたわけじゃない。その上、大切にしていた女性にあんな風に言わせてしまったのなら、もう恋愛も結婚もするべきじゃないと思った。自分が冷たい人間だと、自覚しているからな」

どう言えばいいのか、わからなかった。

創さんが話したくない過去を打ち明けてくれたのに、気の利いたことはなにも言えない。私がなにを言っても薄っぺらくなりそうで、彼を見つめながら胸が詰まった。

瞳には涙が浮かんで喉の奥から熱が込み上げ、口を開けば言葉以外のものが零れてしまう。そんな予感もまた、私から言葉を奪った。

私なら、そんな風に思わせないのに……なんて思ってしまう。

創さんが私を選んでくれるはずがないとわかっていても、私だったらこんなにひどいことはしない。なによりも彼のことを大切にするし、毎日だって想いを伝える。

そのとき創さんの隣にいたのが、どうして私じゃなかったんだろう。せめて、その場にいたら、どんな手を使ってでも彼を慰めたのに……。

「こんな話、聞きたくなかっただろう」

静かに零された問いに、大きくかぶりを振る。

どんな話でも、創さんのことなら聞きたい。

好きなもの、苦手なもの。これまでに行った場所や、やりたいこと。今日はなにを食べたとか、つらかったこととか……。彼のことなら、なんだって知りたい。

「……花純が泣くことはないだろう」

指摘されて初めて、自分が泣いていることに気づく。頬を伝う涙はぽたぽたと膝の上に落ちて、スカートにシミを作っていく。

「……ッ、創さんは冷たくなんてないですっ……！」

「花純がそう思ってくれているだけでも救われるよ」

「本当です……！　だって、創さんは出会ったときからずっと優しかった……。あなたは知らないかもしれませんが、創さんは優しい人なんです！」

自嘲混じりの微笑みが、切なさを大きくする。悲しげに見える創さんがなんだかどこかに消えてしまいそうで、彼を今すぐに抱きしめたくなった。

「私だったら、創さんをそんな風に傷つけたりしないのに……」

「え？」

目をわずかに見開いた創さんが、戸惑いを滲ませる。

「私じゃ……ダメですか？」

それをわかっていて、言葉を被せた。

「花純？　なにを――」

「ごめんなさい……。契約結婚でいいなんて、本当は一度も思ったことありません」

どんどん丸くなっていく彼の瞳が、驚嘆と困惑をあらわにする。

これを口にすれば、この契約は終わってしまうかもしれない。

それでも、肩書きなんて関係なく創さん自身を想っていることを、今どうしても伝えたかった。伝えなくてはいけない、と思った。

「好きなんです、創さんのことが……。出会ったときから、ずっと……」

涙に濡れた声で紡いだ、胸の奥に閉じ込めたはずの恋情。もう〝恋情〟なんて呼び名では足りないほどに、彼に惹かれてしまっている。

創さんは私を見つめたまま、意表を突かれたと言わんばかりの顔で静止した。すぐには状況を整理できないようで、その双眸には動揺を浮かべている。

これは、彼に対する裏切り行為なのかもしれない。けれど、後悔はしていない。

緊張や不安なんて少しもなくて、ただただ創さんが好きという気持ちだけが心を埋め尽くしていた。ようやくして、彼が困惑したままの面持ちで口を開く。

「ちょっと待ってくれ……。それはいったい、どういうことだ……？　花純は最初から俺を好きだったから、俺と契約結婚をしたっていうのか？」

迷いなく頷けば、創さんの動揺はいっそう大きくなる。彼を困らせているとわかるのに、やっぱり少しも悔いはない。

「私は初めて会ったときから、創さんが好きです。でも、同じように好きになってほしいなんて、贅沢なことは望みません。ただ、今だけは好きでいさせてください」

〝三年間だけ〟とは、あえて言わなかった。

言わなくても汲んでくれるであろう創さんに、微笑んで見せる。

「君は……花純は、それで苦しくないのか？」

（苦しいですよ、とても……。でも……）

「私のことはいいんです。私にできることがなにか少しでもあるのなら、創さんの役に立ちたいと思ってしまったから……」

涙で濡れたままの顔で、それでいて笑みを浮かべれば、彼は眉根を寄せた。

創さんを騙していたのに、彼は私のことを気遣ってくれた。

こんなときでも私を責めない優しさを持っている創さんだからこそ、私はずっと彼に恋をしているのだ。

「……俺にできることはあるか？」

なにもいらない、と答えようとして、すぐに唇が閉じる。

今だけはわがままが許されるのなら、一度だけ叶えてほしいことがある。

「キス、してください」

創さんには一生言えないと思っていた、私の願い。きっともうこんなチャンスは来ないから、彼が許してくれるのなら一度だけ私に触れてほしい。

「初めてのキスは……創さんがいいです」

私にとって、生まれて初めてのキスだから。

鼓動が大きくなって、ドキドキと暴れ出す。緊張なんてしていないと思っていたのに、指先は震えて体中の血液が沸騰したように体温を上げ、耳まで熱を帯びていた。

「こんな冷たい男に好意を持つなんてバカだな」

ふと、悩ましげな顔つきだった創さんの瞳が微かにたわんだ。その表情の意味を読めずにいる私の左頰に、骨張った手が添えられる。

刹那、顔を近づけてきた彼の唇が、私の唇にそっと触れた。

一拍遅れて瞼を閉じれば、その感触がよりいっそう鮮明になる。

思い描いていたファーストキスとは全然違ったのに、唇と頰に感じる創さんの体温が愛おしい。初めて知った彼のキスは、出会った日の記憶のように優しかった。

けれど、愛のないキスだと理解している胸が涙をこらえるように戦慄き、痛いほどに締めつけられた——。

三、妻の覚悟

創さんが過去を打ち明けてくれたときから、二週間以上が過ぎた。

十二月を間近に控え、紅く色づいていた木々も少しずつ落葉していき、物寂しさを感じさせる。

けれど、私にはそんな景観ですら輝いて見えるときがあった。

恐らく、あの夜を境に彼との関係が少し親密になっているからだろう。

「今夜は早く帰れそうだから、どこかで食事でもしないか」

「いいんですか？」

デリバリーで訪れた社長室で、パッと笑顔が弾ける。

「ああ。花純の仕事が終わる時間に合わせて迎えに行くよ」

大きく頷けば、創さんは微かな笑みを漏らした。

「食べたいものを考えておいてくれ」

「はい。楽しみにしていますね」

彼にコーヒーを届け終えた私は、軽やかな足取りでカフェサロンに戻る。十七時を過ぎた店内は混み合っていて、急いでホールの業務に取り掛かった。

そうして仕事をこなす傍ら、夕食のリクエストを考えてワクワクしていた。

就業後、身支度を整えると、カフェサロンの前に創さんの車が停まっていた。

きっと、ディナータイムで忙しいスタッフの手を止めないために、外で待っていたんだろう。「お待たせしました」と言えば、彼は「着いたばかりだ」と首を振り、夕食のリクエストを訊いてくれた。

「近くでやっているクリスマスマーケットに行きたいです」

「クリスマスマーケット？」

「はい、実は前から行ってみたかったんです。毎年行き損ねていたので、今年こそって思っていて。ちょうど今日からなんですよ。ダメですか？」

「花純が行きたいなら俺は構わないよ」

快諾してくれた創さんに場所を告げると、彼は迷うことなく車を走らせ、クリスマスマーケットが開催されている公園の駐車場に車を停めた。

レストランやカフェを備えた大きな公園の入り口には、クリスマスマーケットのアーチが立てられ、至るところにイルミネーションが施されて眩しいくらいだった。

まだ客足は多くないけれど、キッチンカーや雑貨の移動販売車などで埋め尽くされた園内はクリスマスムード一色で、スノードームや北欧食器などが並んでいる。

キッチンカーから漂うソーセージの香ばしい匂いが、空腹中枢を刺激した。

「お店、たくさんあるんですね！」

「俺も初めて来たけど、本当にドイツのクリスマスマーケットみたいだな」

「ドイツに行ったことがあるんですか？」

「ああ、家族旅行や海外出張で何度かある。クリスマスシーズンに行ったのは一度だけだが、現地のスタッフとクリスマスマーケットに足を運んだんだ」

懐かしむように目を細める創さんは、穏やかな面持ちでリースを見遣った。

「いいなぁ、ドイツ。一度は行ってみたい国のひとつです」

「じゃあ、今度……」

言いかけた彼が、ハッとしたように目を伏せる。それから、気まずそうな微笑とともに「なにが食べたい？」と話題を変えられてしまった。

私もなんでもないふりをして、「ソーセージが食べたいです」と笑顔を見せる。

ホッとした顔になった創さんにキッチンカーの方に促され、ソーセージやプレッツエルなどを購入し、ついでにノンアルコールのホットカクテルも調達した。

「ホットワインかビールが欲しくなるな」

ソーセージを飲み込んでホットワインの看板を見遣る彼に、「すみません」と苦笑を零す。アルコールに弱い私は、そこまで思い至らなかった。

「お酒、飲みたいですよね。ちゃんと事前に伝えておけばよかったですね」

「いや、いいよ。こういうのも悪くない」

イートインスペースの椅子で長い足をゆったりと組む創さんは、ステージに立つトランペット奏者に視線を向け、まんざらでもなさそうにしていた。

一方で、私は演奏を聴きながらも、間近にある彼の横顔に見入ってしまう。

「どうかした？」

不意に目が合い、慌てて平静を装いつつ首を横に振った。高鳴っていた鼓動が別の意味で速まり、軽く首を傾ける創さんに胸がキュンと震える。

「クリスマスもどこかでディナーを食べようか」

「え？」

予期しなかった提案に目を丸くすると、彼は微笑みを浮かべた。

「なにが食べたい？」

まるでごく普通の恋人や夫婦のようなやり取りに、心が勝手に浮ついてしまう。

頭ではこれもカモフラージュのためだ……と思うのに、創さんの言葉に喜ぶ心はふわふわと揺らめき、勝手に頬が綻んだ。

「えっと……じゃあ、創さんにお任せします」

「花純に喜んでもらえるようなプランを考えておくよ」

「楽しみにしていますね」

満面の笑みで声を弾ませた私に、創さんが瞳をふわりと緩めた。

最近の彼は、以前からは考えられないほど柔らかな表情を向けてくれる。

契約があるからこそ優しくされていると感じていたこれまでとは、明らかになにかが違う。上手く説明できないものの、創さんの言葉尻も顔つきも驚くほど柔和で、なんだか彼に心から大切にされているのかもしれない……なんて思わせられるのだ。

もちろん、そんなことはありえないとわかっているけれど……。

＊　＊　＊

十二月は忙しなく駆け抜けていき、創さんは以前にも増して忙しくなった。

朝のランニングこそ一緒にこなしているものの、朝食をゆっくり摂る時間はなく、帰宅が深夜になるのも当たり前。当然、夕食は一緒に食べることもできない。

それでも、彼は必ず早朝に起床し、いつもと同じようにランニングウェアに着替えてリビングに出てきてくれる。

創さんの体調が気がかりだったけれど、『花純と共有できる時間だから』と言ってくれた彼に、喜びを感じずにはいられなかった。

「花純、準備できた？」

「はい。創さんはお仕事終わりましたか？」

ドアをノックされて部屋から顔を覗かせれば、創さんは「ああ」と頷いた。

今日はクリスマスイヴ。今年は奇しくも土日がイヴとクリスマスで、ふたりとも休みだった。ただ、忙しい彼は午前中からずっと書斎にこもっていた。

「これで今夜は心置きなく楽しめるよ」

安堵混じりに表情を緩める創さんに、「よかったです」と笑顔を返す。すると、彼は私をじっと見つめたあと、唇の端を持ち上げた。

「そのドレスも似合うな。やっぱりローズピンクにして正解だった」

さらりと褒められて、頬が熱を帯びる。

私が身に纏っているのは、先週の日曜日に創さんが見立ててくれたドレス。

七分丈の袖はデコルテ部分からラッセルレースが施され、胸元から裾にかけて質のいいサテン生地が使用されている。フィッシュテールの裾からはさりげなく袖と同素材のレースが覗き、ウエストのリボンベルトは前後どちらで結んでもいいのだとか。

今冬の新作だというこのドレスはもちろん、同色系のパンプスもエレガントなデザインで、小物も合わせると私が買えるようなものじゃない。

彼いわく、『そのうちパーティーで使えばいい』とのことだけれど、今までプレゼントしてもらったドレスだって一度しか袖を通していないため、戸惑いもあった。

それでもやっぱり、満悦そうな創さんを前にすると、心はくすぐったくなる。

彼とともにエレベーターに乗って階下に降りると、マンションの前で君嶋家の車に出迎えられ、六本木の高級ホテルに向かった。

モダンな雰囲気に包まれた高級感溢れる、五つ星ホテル。

数年間ミシュランの一つ星を獲得し続けている四十四階のフレンチレストランからは、目にも美しい夜景と東京湾が望める。季節柄、店内の中心には大きなクリスマスツリーが飾られ、ライトが様々なバリエーションで光を灯している。

お任せで振る舞われるコース料理は、その日に仕入れた食材によってメニューが変わるため、ドリンクメニューしか用意されていないのだとか。

「あの、創さん……。いくらなんでも、高級すぎる気が……」

レストランに入るや否や緊張でいっぱいになった私は、気後れしながらもこっそりと訴える。けれど、創さんは「そんなことない」と笑った。

「夫婦で迎える初めてのクリスマスなんだ。これくらいはさせてくれ」

ドレスコードがあるとは聞いていたものの、これまでの比ではない雰囲気に圧倒されてしまう。必死に平静を装ってみても、気分はまるで〝おのぼりさん〟だ。

彼は、自分にはワインを、私にはノンアルコールワインをペアリングするように告げると、借りてきた猫のようになっている私を見てふっと口元を綻ばせた。

「そんなに緊張する必要はない。のんびり食事を楽しめばいいんだ」

無理です……と情けなく呟いたあと、運ばれてきたワインで乾杯をした。ノンアルコールワインはジュースのようで飲みやすいけれど、リラックスできそうにない。

ところが、アミューズのトリュフとドライフルーツのテリーヌを一口食べた瞬間、あまりのおいしさに緊張感が一気に吹き飛んだ。

「おいしい……！　こんなの、食べたことないです！」

パッと瞳を輝かせた私に、創さんがクスッと笑う。「よかった」と口にした彼は、優美な瞳に私を映していた。

その後は、ゆったりとしたペースで料理が運ばれてきた。

オードブルはカリフラワーのブランマンジェとボタンエビのグジョネット、スープはかぼちゃのポタージュ、ポワソンは帆立貝と蓮根のパートフィロ包み。

ゆずのソルベを挟んだあとは、アントレにグリルされた冬野菜と牛フィレ肉のロースト、さらにはベリー系のソースに彩られたサラダと、三種類のチーズ。

アントルメには柑橘系のフルーツタルトとともにコーヒーが並べられ、フルーツには洋梨のコンポートと白いちご、最後のカフェ・プティフルールではハーブティーとマカロンが振る舞われた。

十種類にも及ぶ料理は美しい盛り付けだったのはもちろん、どれも筆舌に尽くしがたいほどおいしくて、当初の緊張なんて思い出せないまま綺麗に平らげた。

そんな私に、創さんは温かい眼差しを向けてくれている。それがまた、私の中の喜びを大きくした。

そのまま四十階にあるバーに足を運ぶことになり、窓際のテーブル席に案内されると、彼がチャイナブルーを頼んでくれた。

「初めて一緒に飲んだ夜みたいになると困るから、一杯だけ楽しもう」

「はい。さすがに一杯くらいなら大丈夫だと思います」

からかうような声音に、肩を小さく竦めながらも相槌を打つ。

ライトアップされた東京タワーを目にしつつ、他愛のない会話を交わす時間は瞬く間に過ぎ、もうすぐカクテルがなくなってしまう。

待ち遠しかった今日が終わることが、少しだけ寂しかった。

「花純。メリークリスマス」

切なさを隠すように夜景を見つめると、創さんが私の前に小さな箱を差し出した。

「え？」

「帰ってから渡そうかとも思ったんだが、花純があまりにも名残惜しそうだから」

困り顔で微笑む彼は、「開けてみて」と優しく告げた。

まさかクリスマスプレゼントを用意してくれているなんて思いもしなかった。さらに大きくなった喜びに驚きまで加わり、本当に嬉しいのに上手く笑えない。

「ありがとうございます。すごく嬉しいです……！」

それでも、感動で震えそうな声でお礼を紡ぎ、箱にかけられたリボンを解いた。

ベルベット素材の箱を開けると、ピアスが入っていた。

プラチナのふたつの輪が絡み合うようなデザインの中心には、ダイヤモンドがあしられている。そっと手に取ってみれば、輪が重なっている部分から吊るされたダイヤモンドが微かに揺れた。

小さなピアスはさりげないデザインだけれど、その美しさに目を見張る。

言葉にできないほどの感動で、胸が詰まってしまう。しばらくの間、キラキラと耽美な輝きを放つジュエリーから目が離せなかった。

「それならオンオフ問わずに使えるんじゃないかと思ったんだが、好みではなかっただろうか？」

「いえ、そんなこと……！　すごく綺麗だし、とても素敵です！」

慌てて食い気味に返せば、創さんが安堵混じりに瞳を緩めた。「そうか」と呟いた彼は、穏やかな雰囲気を纏っている。

まるで恋人に向けるような面差しを前に、ついときめいてしまった。

「素敵すぎて、使うのが勿体ないくらい……」

「そう言わずに使ってくれると嬉しいんだが」

「はい。それはもちろんです」

大きく頷いてピアスを外し、プレゼントしてもらったばかりのピアスをつける。すると、創さんは笑みを深めた。

「よく似合っている」

いつにも増して優しい笑顔を見せてくれる彼に、幸福感が押し寄せてくる。

創さんは、私と過ごす時間を楽しんでくれているのだろうか。

せめて、私が抱いている喜びの十分の一でもいいから、彼にも同じ気持ちを感じていてほしい。おこがましいとわかっているけれど、そう願わずにはいられなかった。


帰宅後、先にお風呂に入らせてもらった私は、創さんがバスルームから戻ってくるのを待っていた。

右側に置いた紙袋を体で隠すようにしながら、ソファで膝を抱える。手持無沙汰のせいか、サテン生地のパステルピンクのショートパンツを握り締めていた。

お揃いのキャミソールの上に羽織っているパーカーは、ふわふわとしたファブリック生地が心地好く、いつもならリラックスできるけれど、今夜は落ち着かない。

「まだ起きていたのか」

三十分が経った頃、彼がリビングに姿を見せた。

「はい。その……まだ眠くなくて。それより、ちょっといいですか?」

「ああ、構わないけど」

ウォーターサーバーの水で喉を潤した創さんが、ダイニングテーブルにグラスを置いて私の傍にやってくる。ソファに腰を下ろした彼に、勢いよく紙袋を差し出した。

「これ……！　気に入っていただけるかはわかりませんが、受け取ってください！」

創さんは言葉を失くしたように瞠目し、数秒ほど静止してしまった。

「実は、渡す勇気が出なくて家に置いていたんです。でも、創さんもクリスマスプレゼントを用意してくれていたことが嬉しかったので、やっぱり私も渡したくなって」

私の説明を聞く彼が、戸惑いと喜びを同居させた瞳を緩め、次いで前者を消化させたような笑みを零した。

「嬉しいよ、ありがとう」

開けていいかと訊かれ、おずおずと頷く。

創さんが紙袋から出したラッピングバッグを開ける様子を見ながら、ドキドキしてしまう。彼が最初に手にしたのは、アンダーシャツだった。

続いて似たようなラッピング素材を開けた創さんは、ランニングウェアを取り出した。他にも、スポーツウェア用の生地で作られたナイトウェアもある。

「色々考えたんですけど、なにがいいのかわからなくて……。結局、色々なブランドを回って、それぞれのブランドで一番人気の商品や新作を選んでみたんです」

彼がいつも身に着けているものは、どれも高価なものばかり。

スーツや普段着はもちろん、時計や靴などの小物に至るまで洗練されたものを愛用している。スポーツ用品は、自社製品であるKSSのものをいくつも持っているし、シューズボックスには新作のランニングシューズだってある。

考えれば考えるほど、なにをプレゼントすればいいのかわからなくなり、一周回ってトレーニングで使えるもの――しかも、あえて他社の製品を選んだ。

「ライバル社のものを選ぶなんてダメかもしれませんが、KSSのものはきっとどれも試しているか持っているでしょうし……。その点、他社の製品なら自分では買わないかなって思ったのと、少しでも仕事で活かしてもらえるかもしれないって……」

必死に説明したけれど、なんだか言い訳じみている気がして言葉尻が小さくなる。

今になって、一番やってはいけない選択だったかもしれない……と、不安が大きくなってきた。

「……そうか」

ひとりごちるように呟いた創さんが、小さく噴き出した。ククッと笑いを噛み殺すようにする彼に、きょとんとしてしまう。

「すまない、あまりにも予想外で驚いたんだ。でも、その考え方はいいな。俺なら、きっと思いつかなかった」

創さんはどこか嬉しそうに、私がプレゼントしたものを並べている。

「確かにライバル社のリサーチは重要だし、色々試せると参考になる。だが、一番は花純が俺のことを考えてくれたことが嬉しいよ。ありがとう」

籍を入れたばかりの頃の彼なら、きっとこんな風には言ってくれなかった。

本当の夫婦じゃないけれど、私たちの距離はちゃんと少しずつ近づいている。そしてやっぱり、この想いは強くなっていくばかりだ。

(好きだなぁ……。創さんのことが、すごく……)

創さんは自分のことを冷たいと言った。けれど、私にはそうは思えない。

私が見ている彼は、出会った頃のままの優しさを携えている。

「好きです」

そう感じた刹那、勝手に想いが言葉になっていた。

創さんは目を大きく見開き、瞬く間に動揺をあらわにしたけれど。

「あっ……！ すみません……。でも、なんだか言わなきゃいけない気がして」

私は不思議と羞恥も緊張もなく、驚くほどあっさりと伝えることができた。

自然と零れた笑顔で彼の目を真っ直ぐ見つめると、勝手に口が動いてしまう。

「創さんはやっぱり冷たくなんかありません。優しくて……でも、たぶんちょっとだけ不器用で。私は、そんなあなたのことが好きなんです」

戸惑う創さんに、微笑みを向ける。

「好きになってほしいなんて言いません。ただ、こんな風に創さんを想っている人間があなたの傍にいるんだってことを、ときどき思い出してくれたら嬉しいです」

両想いになれるなんて思っていない。そうなれたら嬉しいけれど、それは夢物語だとわかっている。

それでも、私の想いをさらけ出せば、『あなたは冷たい人間じゃない』って彼に伝わるかもしれない。なにもできないけれど、小さな可能性くらいならある気がした。

「君はどうして……そう無防備なんだ」

「え？」

ところが、ようやくして口を開いた創さんは、なぜか眉をひそめていた。

「この間のキスのときも、今も……。そんな風に素直に自分の気持ちを出して、俺がそこに付け入るとは思わないのか。だいたい、その格好だって無防備すぎる」

紡がれる言葉の意味を嚙み砕くよりも早く、彼が呆れたようにため息をついた。

「花純は、男のことをなにもわかっていない。もっと目の前の男を警戒すべきだ」

ただ、私を見つめる複雑そうな眼差しの中には、温もりが混じっている――なんて受け取ってしまうのは、都合がよすぎるだろうか。

だいたい、創さんだってなにもわかっていない。

彼にならすべてを捧げてもいいと思ったからこそ、私は契約結婚なんて突飛なことを受け入れたのだ。

「なにもわかっていないのは、創さんの方です」

「え？」

「私は、創さんにならなにをされてもいいんです。契約結婚を決めたときから、それくらいの覚悟はしています」

みくびらないで、とでも言うように創さんを見据える。

彼は一瞬たじろぎ、それから程なくして深いため息を零した。

「本当に、花純はなにもかもが予想外だよ」

まるで負けを認めたかのごとく、創さんの表情が緩んでいく。

「花純の気持ちを知らなかったとはいえ、もともとは利害の一致で夫婦になったからこそ、残りの期間は君に触れるべきではないと思っていた。だが――」

わずかに目を伏せた彼が、意を決するような真剣な瞳で私を見つめてくる。

真っ直ぐな双眸に捉われ、心ごと搦め捕られてしまう。

「花純を見ていると、心が乱される。今すぐに抱きたい、なんて考えるくらいに」

戸惑いを孕ませながらもしっかりと紡がれた、低い声音。

それが今の創さんの想いなら、私の答えはひとつしかない。

「だったら、抱いてください」

息を吐くように静かに返した言葉には、一縷の迷いもためらいもなかった——。

四、隠された本音と夫の知らない過去

創さんに誘われた、彼の寝室。ここに入るのは、初めてだった。

たくさんの書籍が収まる本棚。キングサイズのベッドに、タブレットが置かれたサイドテーブル。モノトーンで纏められたシンプルな部屋は、綺麗に整頓されている。

ずっと境界線のように思えていた部屋は、どこもかしこも創さんの気配が漂い、寝かされたベッドからは彼の香りがした。

私に覆い被さる創さんの瞳は、まだ微かな戸惑いで揺れていた。

「……引き返すなら今しかない。今ならまだ、花純を傷つけずに済むはずだ」

「残念ながら、私はもうとっくに覚悟を決めています。それに、心配しなくても大丈夫ですよ。私は創さんに抱かれたことで傷ついたりなんてしませんから」

両想いじゃなくても、ずっと好きだった人と肌を重ねられるのなら構わない。

あとで傷ついたとしても、それは彼のせいじゃない。すべて私が決めたことだ。

「花純は本当にバカだな。こんなに冷たい男がいいなんて……」

首を横に振ろうとした私に、自嘲混じりの笑みが落とされる。そのまま伸びてきた手が、そっと左頬に触れた。

「だが、きっと俺の方がバカだ。もう誰かと一緒に生きていく気はないのに……」

その声が切なくて、創さんを抱きしめたくなった。けれど、伸ばしかけた左手をどうすればいいのかわからなくて、頬に添えられた彼の手に重ねる。

刹那、端正な顔がゆっくりと近づいてきて、唇がふわりと触れ合った。

二度目のキスも、初めてのときのように優しかった。

一度離れた唇が再び降ってきて、小さなリップ音が鳴る。そのまま角度を変えては重なり、そんなくちづけが何度も繰り返された。

頬に置かれていた手が肌をくすぐり、労わるような手つきで髪を撫でる。触れてくる指先も優しくて、胸の奥が甘やかに戦慄く。

片想いなのに、この先もずっと一方通行でしかないのに……。それでも、創さんに触れてもらえることが嬉しい。

節くれだった指先がたどる場所から、くすぐったさとともにほのかな熱を帯びていく。植えつけられる未知の感覚に、自分の体じゃなくなっていくような錯覚を抱く。

それなのに、不思議と不安も恐怖もなく、むしろ彼の重みと体温に安堵していた。

「花純」

甘い声が漏れ出ると羞恥が芽生えたけれど、私を見つめる創さんの瞳が柔らかいせいで、彼にすべてを預けようと思えた。

「創さん……好き……。好きです……」

創さんは、決して愛を紡いではくれない。

だからこそ、私だけは彼への恋情を唱えていたかった。

私の心の中にある想いのほんの欠片でもいいから、創さんに伝わってほしい。不器用で優しい彼が、いつか誰かと幸せになる勇気を持てるように。

私以外の女性と並ぶ創さんの姿を想像すると胸は痛み、本当はとても泣きたくなるけれど……。彼を幸せにしてくれる人がいるのなら、この恋だって諦められる。

その〝誰か〟が私であったのなら、本当に幸せだった。

「好き……っ、創さん……」

それは叶わないと知っているから、今だけは熱に浮かされて想いを口にする愚かな行為を許してほしい。

「花純……」

絶対に愛を紡がないのに、大切そうに私の名前を何度も呼ぶなんてずるい。

愛していないくせに、宝物を扱うように甘やかに触れてくるなんてずるい。

私を見つめる瞳が愛されていると錯覚させるほどに優しいなんて、本当にずるい。

それでも今は、目の前にいる創さんのことだけを見つめていたい。彼が与えてくれる痛みさえも嬉しいから、それだけを忘れずにいようと思う。

創さんの言う通り、私はきっとバカなんだろう。この恋心の行きつく先がわかっていても、彼の傍にいたいのだから……。

創さんの役に立ちたい。彼に恩返しがしたい。

そんな漠然とした気持ちを抱えていたけれど、今はもっと明確なものが見えた。

（ああ、そっか……。私は……あなたに誰よりも幸せになってほしい）

人知れず心の中で呟いた願いが、胸の奥に広がっていく。

五指を絡めて繋ぐ手も、何度も重ね合わせた唇も。私を呼ぶ低く優しい声も、触れ合う肌も。なにもかもが大切で、すべてが愛おしい。

甘切なさを感じながら瞼をゆっくりと閉じれば、一筋の涙が頬を伝った。

「花純」

私の意識が途切れる刹那、最後にもう一度私の名前を呼んだ創さんが、小さな雫を唇で掬い取ってくれた――。

クリスマスの朝は、創さんの腕の中で目を覚ました。

隣で眠っている彼を見つめながら蘇ってきた昨夜の記憶に、頬が熱を帯びていく。

あんな風に大胆になれたのは、きっとアルコールの力が大きかった。恋人すらいたことがなかった私が起こした行動は、未だに自分自身でも信じられない。

今になって鼓動がうるさいくらいに騒ぎ出し、無防備な創さんの寝顔を前にドキドキと跳ね回った。本当に、どうしてあんなことができたんだろう……と思う。

ただ、後悔だけはない。

決して手放しで喜べるような状況ではなかったけれど、これまでに想像もしていなかった目覚めに、面映ゆい気持ちでいっぱいだったから。

まやかしのような幸せであっても、あと少しだけ彼の温もりを感じていたい。

そんなずるい考えが芽生えたとき、創さんが眉を寄せた。彼が目を覚ます予感が過り、咄嗟に瞼を閉じて寝たふりをしてしまう。

あと少し、あとほんの少しだけでいいから……創さんの腕の中にいさせてほしい。

狸寝入りが上手くいくことを願いながら目を閉じ続けていると、不意に彼の腕が背中に回り、そっと抱き寄せられた。近かった距離が、さらにグッと縮まる。

突然のことに驚き、漏れそうだった声をなんとか押し込めたものの、まだ落ち着きを取り戻せていなかった心臓が大きく跳ねて早鐘を打つ。

創さんの肌や体温、息遣いや逞しい胸元の感触までもがダイレクトに伝わってきて、息を呑みそうになった。

今さら瞼を開けることはできずに、ただじっと息を潜めて大人しくしていると、程なくして額に柔らかなものが触れた。

そっと押し当てられたそれは、きっと彼の唇。次いで、後頭部に回された手が優しく髪を梳くようにし、私を抱きすくめる腕に力が込められた。

息ができない。心臓が持たない。このまま意識を手放してしまうかもしれない。

昨夜の方が羞恥を感じるようなことをしたのに、そのときよりも今の方がずっとドキドキして、胸がきゅうっと締めつけられた。

だって、創さんの行為のすべてが、まるで私を好きだと言っている気がしたから。

「ごめん……」

けれど、次の瞬間、氷水を浴びせられたように私の呼吸が止まる。

喉がヒュッ……と締まり、寝たふりをしていたのも忘れて目を見開いてしまった。

一拍置いて彼の肩がぴくりと揺れ、私は慌ててあたかも今起きました……と言わんばかりにゆっくりと瞬きをした。

「起きたのか」

「……はい。おはようございます」

「おはよう」

私の顔を覗き込んだ創さんは、「顔色は悪くないな」と安堵混じりにごちた。

「体調はどうだ？　その……昨夜は少し無理をさせてしまっただろう」

気まずそうな彼の問いに、頬が朱に染まっていく。

「平気です……。あ、えっと……ランニングに行きましょうか」

時刻は七時半を回り、いつもよりも遅い起床になってしまった。ところが、創さんは首を横に振ると、「今朝は休みにしよう」と告げた。

「昨日の今日だ、花純は無理をしない方がいい。今日はお互い休みだし、家でゆっくり過ごそう。朝食は俺が用意するよ」

「え？」

「先にシャワーを浴びてくる。ついでにお湯を張っておくから、花純はあとでゆっくり浸かるといい」

彼はそう言い置くと、ベッドから下りた。一糸纏わぬ姿から目を逸らした私は、衣擦れの音を聞きながら布団で視界を覆う。

それから一分もせずに、ひとりだけ創さんの寝室に取り残された。同時に、ここは彼のベッドの中だということを思い出す。

今の状況に身悶えそうになりつつも、なんとか心を落ち着かせようとした。

熱めの湯が張られたお風呂で体を温めてリビングに行くと、朝食が用意されていた。ベーコンエッグとグリルされた野菜、そしてクルミとドライフルーツのベーグルがプレートに盛られている。ベーグルは冷凍庫にあったものをリベイクしたのだろうけれど、ベーコンエッグと温野菜は創さんの手作りのようだった。

「おいしそう。それに、おしゃれですね」

「ベーコンエッグは焼いただけだし、野菜も焼いて岩塩を振っただけだ。花純の料理の方がよほどおいしそうだし、実際に味も間違いないよ。彩りだっていいだろう」

褒められたことに喜びを感じながらも、首を振って笑みを浮かべる。

「でも、私は創さんが私のために作ってくださったことが嬉しいんです」

彼は一瞬だけ目を見開き、ためらいがちな微笑みを零した。

「いつも花純にばかり負担をかけているからな。たまにはこんな日があってもいいだろう。ほら、冷めないうちに食べよう」

創さんは挽きたての豆で淹れたコーヒーをそれぞれのプレートの隣に置き、ダイニングチェアに腰掛けた。私も座ると、彼はカップに口をつけた。

さきほどの創さんの言葉に込められた意味を考えると、心は目の前にある喜びを忘れたように切なさを訴えてくる。

(あれは……罪悪感？　それとも、こうなったことを後悔しているのかな……。もしかして……〝誰かの身代わりにしてごめん〟とか？)

少なくとも、彼には罪悪感も責任も感じてほしくないと思うけれど……。昨夜の情事が元カノの身代わりだったとしたら、さすがに目も当てられない。

だから、きっと聞かなかったことにした方がいい。

あれがどんな意味であっても、創さんの本音には違いないのだろうから……。このまま知らないふりをして過ごす方が、彼に余計な気遣いをさせずに済むはずだ。

この日、創さんは本当に私とずっと一緒にいてくれた。

リビングのソファで読書をする彼の隣で私も雑誌を読み、ときどき他愛のない会話を交わして、昼食は私が用意したグラタンを食べた。午後には、ソファに並んで映画を観たあとに創さんと買い出しに行き、夕食は彼と一緒にビーフシチューを作った。

昨夜の罪滅ぼしか、私の体を心配してくれたのか……。その本心はわからない。

ただ、昨日みたいに素敵なディナーやバーでのひとときも嬉しかったけれど、創さんのことをずっと近くに感じられる今日の方が幸せだった。

穏やかに流れていく時間は、まるで春の陽だまりのように優しくて。創さんの横顔を何度も盗み見ては、彼と過ごすクリスマスに至福を感じていた——。


年末年始は、怒涛の日々だった。

KSSグループは本社を含めた全社を始め、カフェサロンもジムも一週間ほどの休暇があったけれど、国内事業部の取締役社長である創さんは当然ゆっくりできない。

彼は何日かは会社に足を運んでいたし、休みが取れた数日のうちの二日間はそれぞれの実家に新年の挨拶に行ったため、のんびりした日々とは程遠かった。

君嶋家の人たちは相変わらずとても優しく、二度目の訪問である広い本邸に緊張はしたものの、どうにか和やかな時間を過ごせた。

一方で、私の実家は創さんを歓迎しつつも、両親はまだどこかぎこちなかった。

ただ、修弥だけはマイペースに彼と会話をしてくれ、そのおかげで両親の緊張も少しずつ解れたようで安堵した。

家族を騙しているという罪悪感には、どうしても苛まれてしまったけれど……。

「おばあちゃんが生きていたら、騙せなかったかもしれないなぁ……」

無意識に零れた声に、ふと苦笑が漏れた。

ダイニングチェアに座り、自室から持ってきたかんざしを指先で撫でる。かんざしにあしらわれた紅椿を見つめていると、胸の奥から懐かしさが込み上げてきた。

「あれから五年も経っちゃった」

脳裏の記憶がいっそう鮮明になっている気がする今日は、成人の日。

五年前の曇り空の中、私も二十歳を迎える人たちと同じように振袖を纏って成人式に向かっていたことは、まるで昨日のことのように覚えている。

だって、五年前の晴れの日に、私は創さんに出会い、恋に堕ちたのだから——。

＊＊＊

五年前の成人の日。

大好きな祖母を亡くしたばかりだった私は、晴れやかな気持ちとは程遠い気分で中学時代の友人たちと式典の会場に向かっていた。

祖母は、ずっと前から私の振袖姿を楽しみにしていたけれど、『当日ちゃんと見たいから』と前撮り写真は見なかった。だから、式典のあとに必ず祖母の家に行くと約束し、祖母に晴れ着姿をお披露目できるときを待ち遠しく思っていた。

当たり前にその日が来ると思っていたのに、突然倒れた祖母は年を越さずに還らぬ人となり、私は祖母との約束を果たせないまま当日を迎えてしまった。

両親も修弥も、『花純は悪くない』と励ましてくれた。けれど、私の中の後悔が消えることはなく、祖母との約束を守れなかった事実が大きな傷となった。

晴れの日に似つかわしくない空の色に心はどんどん沈んでいき、みんなの楽しそうな顔を直視できない。どうして写真だけでも祖母に見せなかったんだろう……と何度も自問自答してばかりで、今にも泣いてしまいそうだった。

『あれ？　花純、さっきはかんざしつけてなかったっけ？』

ぼんやりとしていたとき、友人のひとりから声をかけられた。

弾かれたように顔を上げた私は、結い上げられた髪に触れた瞬間、心臓が嫌な音を立てた。どこにもかんざしの感触がないと気づくと、血の気が引く思いがした。

紅椿があしらわれたかんざしは、祖母の形見。

祖父母が結婚した日に祖父が祖母に贈ったというかんざしは、決して裕福ではなかった祖父が手作りしたこの世にふたつとないもので、祖母が生涯大切にしていた。

幼い頃から何度もその話を聞いていた私は、子ども心に大きな羨望を抱き、ずっと使ってみたくて仕方がなかった。だから、祖母にわがままを言ってこの日だけかんざしを借りる約束を取りつけ、振袖もそれに合わせて選んだ。

その大切なものを失くしてしまった、なんて……。

『ごめん、先に行ってて！』

友人たちを巻き込むのは申し訳なくて、『ひとりで大丈夫だから』と言い置いてみんなから離れ、必死に来た道を戻ってかんざしを探した。

けれど、道行く人たちの足元を縫うようにアスファルトの上を確認しても見つからず、涙をこらえながら何度も同じ道を行き来し、気づけば地面を這うようにしていた。

信号待ちをしていた頃は、まだ髪についていたはず。あのとき、『そのかんざしがおばあちゃんから借りたもの？』と訊いてきた友人に頷き、確かにかんざしに触れた。

そこから失くしたことに気づいた場所までは、三〇メートルほどしかない。

ところが、どこを見てもそれらしきものはなく、追い打ちをかけるように雨が降ってきた。瞬く間に強まる雨足にとうとう涙が零れ、立ち尽くすことしかできない。

この出来事がまるで祖母との約束を守れなかった罰のように思え、今にも膝から崩れ落ちそうだったとき。

『君、どうかしたのか？』

不意に頭上に影がかかり、降り注ぐ雨がやんだ。

顔を上げた私の視界に入ってきたのは、端正な青年。濡れ羽色の髪に、意志の強そうな眉と、それとは対照的な優しげな瞳。

私を濡らす雨が止まったのは、彼が傘を差してくれていたからだった。

『かんざしが……』

『かんざし？　落としたのか？』

嗚咽を押し込めながら小さく訴えれば、見ず知らずの男性は『どんなかんざしなんだ？』と問い、私の拙い説明に真剣な顔で相槌を打ってくれた。

『君はここで待っていなさい』

そして、彼はわずかに雨がしのげる場所まで誘導した私に傘を持たせると、言うが早く雨の中に飛び出していったのだ。

次第に雨足は強まり、いつしか雷雨に変わっていった。どうすればいいのかわからなかった私は、言われた通りに男性を待っていることしかできない。

しばらくすると、彼は再び私の前に現れた。

『君のかんざしはこれじゃないか？』

差し出されたものを見た瞬間、声も出せずに瞠目した。

止まりかけていた涙がぼろぼろと零れ、ただただ涙混じりの声でお礼を言うことしかできない。祖母に次いで、祖母の大切なものまで失くすところだったのだから。

『ちゃんと君のもとに戻ってきたんだから、もう泣く必要はない』

程なくして、男性は『だが、その格好では式典には行けないな』とごちると、知人が経営しているという呉服屋さんへと連れて行ってくれた。

呉服屋さんでは、壮年の店主と奥様に濡れた振袖を整え直してもらい、『応急措置だから式典のあとですぐにクリーニングに出してね』という言葉に頷いた。

彼はその間もずっと別室で待っていてくれた上、支度ができた私を手配していたタクシーに乗せて、運転手に料金まで支払ってくれた。

『あの、本当にありがとうございました！　後日必ずお礼に伺いますから、お名前と連絡先を教えていただけませんか？』

『俺が勝手にしたことだから、別に気にする必要はない。それより、式典に間に合わなくなるから急いだ方がいい』

『でもっ……！』

食い下がる私に、男性は困り顔で微笑んでため息をついた。

『……そうだな。それなら、もし君が就職したあとにスニーカーが欲しくなったら、KSSのものを買ってくれると嬉しい』

『KSSって、あのスポーツブランドの……？　KSSの方なんですか？』

『ああ、そうだよ。さぁ、もう行った方がいい』

柔和な笑みを浮かべた男性が、運転手に『出してください』と告げてドアから離れると、タクシーはすぐに動き出した。私は慌てて窓を開け、身を乗り出す。

『本当にありがとうございました！　スニーカー、絶対に買いますから！』

私の声に破顔した彼は、タクシーが角を曲がるまで見送ってくれた。

結局、会場に着いた頃には式典は半分ほど終わり、家を出たときよりも身なりは綺麗じゃなかったけれど、雨が上がった空と同じように私の涙はもう止まっていた。

ただ、後日改めて母とお礼に訪れた呉服屋さんでは、彼の手掛かりを得ることはできず、『口止めされているから』と聞かされただけだった。

男性が私を助けてくれたのは、気まぐれだったのかもしれない。名前も教えてもらえなかったのは、あれ以上は私と関わる気がなかったからなのかもしれない。

それでも、悲しみと不安に襲われていたあのときの私にとっては、彼が手を差し伸べてくれたことがすべてだった。

多くの人が行き交う中で私に声をかけてくれた、たったひとりの男性。あのほんのわずかな時間で、名前も知らない彼に恋をしてしまうほどに……。

のちに、私は就職を待たずにバイト代でKSSのスニーカーを購入し、それを機にKSSの商品を愛用するようになる。

そして、憧れの人との再会への期待をほんの少しだけ抱きながら、KSSに就職したいと思うのだ。それが予期しない形で、早々に叶うとは知らずに……。

しかも、今はその男性と結婚しているのだから、つくづく信じられない――。

＊＊＊

「――花純。……花純」

柔らかな声に誘われて瞼を開けると、創さんの顔が視界に飛び込んできた。

「……っ、あっ……！　おかえりなさい……」

今日は大阪支社に行っていた創さんは、どうやら帰宅したばかりのようだ。「ただいま」と返した彼が、心配の色を浮かべた苦笑を零す。

「それより、こんなところで寝ていたら風邪をひくだろう」

「ごめんなさい……」

「いや、謝らなくてもいい。だが、寝るならベッドに行った方がいいよ」

クリスマスイヴから二週間以上が過ぎ、私たちの関係はたぶん少しだけ変わった。

お互いにあの一夜のことには触れないし、もちろんあれ以降は一緒に眠ることもキスをすることもないけれど、肌を重ねる前よりもわずかに親密さを増している。

だからといって、創さんとの関係がどうにかなるとは思っていない。ただ、ひとまずあの一件が原因でぎくしゃくするようなことがなくて、密かにホッとしていた。

「それ、かんざしだろう？　花純のものか？」

手に持ったままだったかんざしを箱にしまい、「祖母の形見なんです」と微笑む。

結局、このかんざしは私が譲り受けることになった。

本当にこれでよかったのかはわからない。けれど、このかんざしはもう私にとっても大切なものになり、私の中では祖母の形見だけではなくなってしまっている。

だから、私の手元に置いておけることは嬉しかった。

少しして瞳を微かに緩めた彼は、それ以上は詮索してこなかった。

創さんは、五年前のことなんてもう覚えていないだろうし、覚えていたとしてもあの日の女の子が私だなんて思いもしないだろう。

本当は尽きない感謝を伝えたいけれど、名前も連絡先も教えなかった彼の真意を受け入れるためにも、事実は話さないことにした。

少しだけ切ないけれど、私だけが思い出を大切にすればいい――。


翌日、仕事を終えた私が帰路についたのは、二十一時を過ぎた頃だった。

急病で休んだ志穂ちゃんの代わりに出られるスタッフがいなくて、自ら残ることを買って出たものの、久しぶりの残業は少しばかり体に堪えた。

けれど、結婚してからはずっとシフトの融通を利かせてもらっているし、彼女とは同僚の中で一番仲がいいため、放っておくことはできなかった。

メッセージで志穂ちゃんに体調を確認すれば、謝罪とお礼とともに【もう大丈夫です】と返ってきてホッとする。彼女が大事に至らなかったことに、笑みを零した。

「あの……」

マンションの前に着くと、不意に声をかけられた。

「はい？」

振り向いた私の視線の先に立っていたのは、すらりとした綺麗な女性。艶のある髪と力強そうな大きな瞳が、彼女の美しさを際立たせていた。

「……君嶋創をご存知ですか？」

「え……」

目を見開いた私の反応で、女性は答えを察したようだった。

「私、有働麻耶と言います。創の……元婚約者です。あなたのことは少しだけ調べました。今、創と一緒に住んでいるんですよね？」

眉をわずかに寄せた彼女が、私を真っ直ぐに見据える。

「単刀直入に言います」

麻耶さんは最初から決めていたセリフを口にするように、私の反応を確認しつつも一方的に話を進めていく。

「私は創とやり直したい。だから、創と別れてくれませんか？　創は誤解しているかもしれないけど……私たち、本当は愛し合ったまま別れたんです」

ただただ立ち尽くす私に投げられた言葉が、脳裏にこびりついて心を抉る。

〝確かな終わり〟が近づいてくる予感に、目の前が真っ暗になった――。

四章　〝契約妻〟の役目が終わるとき

一、不確かな感情と愚かな心　Ｓｉｄｅ　創

年が明けて十日以上が経ち、花純と結婚してから半年を迎えようとしていた。

不安もあった契約結婚は、思いのほか順調だ。

穏やかな日々に以前にも増して居心地の好さを感じ、ときにはこれで本当にいいのか……と戸惑うこともある。

けれど、彼女といると安堵感を抱くのは、まぎれもない事実。

そして、他人との関係に壁を作り続けていたせいで強張っていた心が、花純と過ごす中でいつの間にか満たされていたことにも気づいた。

父に言われた『社員をもっと見ろ』という言葉の意味も、今ではよくわかる。

あの頃の俺は、小野寺以外の社員に対してしっかりと一線を引き、社員たちのことをほとんど見ていなかった。大半の社員が必要以上に俺に話しかけてくることはなかったのがその証であり、俺自身の態度がそんな風にさせていたのだろう。

企画会議などで社員が話しにくそうにしていたことも察していたが、それを改善しようという気はあまりなく、仕事が円滑であればいいとすら考えていた。

だが、そんな風通しの悪い職場で作り出すものが、果たしてユーザーの心を摑み続けていけるのだろうか。いつか、綻びが出るのではないだろうか。

そんな初歩的なことに気づき、ようやくして改善を試みていた。

会議ではひとりひとりときちんと向き合い、しっかりと話を聞く。これまでは自分自身だけで決めていたようなことでも、必ず周囲の意見を尋ねることにした。

地道でささやかなことかもしれないし、それによって時間効率は悪くなってしまったが、少しずつ社員たちの態度も緩和されていっていると思う。

それを確信しながら、代表取締役に話を切り出した。

「以前お話したカフェサロンとコンビニのタイアップの件ですが、先方と話を進めてもよろしいですか？」

「社長だけの判断で進めるのか？」

「いえ、そうではありません。プロジェクトチームを作り、チームで何度もミーティングを重ねた上で、私が決断しました」

迷いがないと目で告げるように代表取締役を見て資料を差し出せば、代表取締役はそれに視線を落としたあとで、ふと表情を和らげた。

「……なるほど。私の言っている意味が通じていないと思っていたが、あれから少しは成長したようだな」

仕事中にもかかわらず親心を覗かせる瞳に、なんとも形容しがたい気まずさはあった。けれど、あのときと同じ言葉をもらうつもりはない。

「お前が突然結婚すると言ったときは半信半疑だったが、いいパートナーに巡り会えたことで考えが変わったか。花純さんに感謝するんだな」

「社長、今その話は――」

「ああ、そうだな。プロジェクトは進めてみるといい。笹井《ささい》からも話は入っている」

俺の知らないところで、代表取締役はまた秘書を使って調べていたらしい。もうこのパターンにも慣れたが、すべて見透かされているのは不本意でもある。

「だが、もう一歩、なにか違う角度からのアプローチが欲しいな」

ただ、代表取締役から見れば、俺はまだまだなのだろう。

「わかりました。チーム内で話し合ってみます」

それを理解しているからこそ悔しくもあったが、ひとまず最初のハードルをクリアできたことに胸を撫で下ろし、代表取締役室を出たところで息をついた。

「いかがでしたか？」

「とりあえず納得はしてもらえたようだ。だが、課題も増えた」

社長室に戻るとすぐにやってきた小野寺は、「代表取締役は手強いですから」と笑みを浮かべ、用件を言い置いてから秘書室に戻っていった。

日が沈んでいく景色を見遣り、また増えたタスクに頭を悩ませる予感を抱きながらも、心が滾っていくのを感じた。


会食を終えて帰路に就いたのは、二十一時半を過ぎた頃だった。

「社長、少しお疲れのようですが」

「平気だ。それより、コンビニとのタイアップチームでミーティングがしたい。今週中に時間を作って、チームリーダーにも打診しておいてくれ」

「承知いたしました」

小野寺と話しながら、花純はもう帰宅しただろうか、と考えていた。

昼間に彼女から【残業になります】と連絡が入っていたが、遠回りをしてでもカフェサロンに立ち寄ればよかったかもしれない……と後悔が過る。

最近は、花純のことを考える時間が増えた。

珍しく残業になった彼女は、疲れていないだろうか。無事に帰宅しただろうか。

今も自然とそんなことを思っては、花純の笑顔が脳裏に浮かぶ。

なにげない日々や、同伴を頼んだパーティー。ディナークルーズで祝った彼女の誕生日に、クリスマスイヴのディナー。そして、忘れもしないイヴの夜のこと。

俺は自分自身の意思の下、この手で花純を抱いたのだ。

そうなったきっかけは、彼女の言葉だったのは間違いない。

ただ、花純の気持ちを知ってしまったからこそ、決して踏み越えてはいけない一線だと自身に言い聞かせ、それが彼女を守るためでもあると考えていた。

花純に告白されたときは驚きはした。

手を繋ぐだけで顔を真っ赤にしていた彼女を見て、恋愛経験が少ないのだろうとは思っていたが……。ただ、まさか、そもそも俺を好きだったとは考えもしなかった。

現に、花純はあのときまで一度も俺に気持ちを打ち明けず、俺を困らせるような言動もしていなければ、そういった素振りもなかったのだから……。

けれど、彼女の態度をよくよく思い返せば、思い当たる節がまったくなかったわけではない。

だから、最初は予想外の事態に面食らったが、ようやく花純の言動の辻褄が合ったことに理解が追いつき、不自然だった状況に対する謎が解けて安堵感も抱いた。

いっそ契約結婚を白紙に戻した方がいいかもしれない……と考えなかったわけではないが、この頃にはもう彼女以外の女性とやり直す気はさらさらなかった。

それは、日々の生活が思いのほか快適だったからとか、花純との時間に居心地の好さを感じていたからとか――そんな理由ではない。

いつしか俺も、彼女に惹かれ始めていたからだ。

正直、花純の本心を知ったことよりも、自身の心境の方が予想外だった。

そして、彼女にキスをねだられたときも、クリスマスイヴの一夜も、勝手に動いていた心に抗うことはできなかった。

この手で抱いた花純は温かくて、いじらしいほどに俺の名前を呼び、『好き』と動く唇が漏らす声に心を摑まれた。ずっと腕の中に閉じ込めておきたいとまで思った。

強欲で身勝手な独占欲にうんざりしても、胸の奥から突き上げる感情に気づかないふりもできず、認めてしまうしかなかったのだ。

それでも、この想いを花純に告げるつもりはない。彼女とは予定通り三年で契約を終え、元の関係に戻るつもりでいるからだ。

麻耶を傷つけたときよりも、花純を傷つけるかもしれない今の方がずっと怖い。

思っていたよりも麻耶に言われた言葉が枷になっていると自覚していたが、俺のせいで花純を傷つけてしまうくらいなら、なにも言わずに手放す方がよほどいい。

花純には誰よりも幸せになってほしい、と心から思っているからだ。

真っ直ぐで、純粋で、優しくて。些細なことで喜ぶ顔も、すぐに赤くなる頬も、鈴の音のような声も。彼女の一挙手一投足が可愛いと思う。

俺の言葉ひとつで綻ぶ顔に心を乱され、華奢なのに柔らかな体は花純の心と同じように温かくて、いつしか生まれて初めて〝愛おしい〟という感覚を抱いていた。

不確かだと思っていた感情よりも、わかりやすい契約で関係を繋ぐ方がいいと思っていたのに、そんな始まり方を後悔してしまうほどに……。

けれど、俺はきっとまた、過去と同じように花純を傷つけてしまうだろう。

だからこそ、傲慢で愚かな心を叱責し、花純への想いも彼女に触れたいという衝動も必死に押し込めていた――。

いつものようにエントランスの前で車を停めさせるつもりだったが、その手前で花純の後ろ姿が見え、「ここで降ろしてくれ」と告げた。

小野寺を待たずに自らの手でドアを開けて車を降り、彼と運転手に「お疲れ様」と言い置いて彼女のもとへと急ぐ。

「花純――」

「創……？」

ところが、俺の呼びかけで振り返った花純が口を開くよりも早く、耳触りの悪い声音が鼓膜を打った。もう忘れかけていた声なのに、それが誰のものかを一瞬で悟る。

「創さん……」

次いで耳に届いた声は、助けを求めるように微かに震えていた。

「……どうしてここにいるんだ」

咄嗟に自身の体で花純を隠し、目を見開いていた麻耶を見据える。三年ぶりに再会した彼女は、感極まるように「やっと会えた……」とごちた。

「創……私ね、あなたとやり直したいの。だから、こうして会いに来たのよ」

言いようのない嫌悪感が、全身を駆け抜ける。

ちらりと見遣った花純の表情が強張っていることに気づき、麻耶の言葉よりも彼女が花純になにか言ったであろうことに怒りが湧いた。

「俺はもう花純と結婚しているし、そうでなくても君とやり直す気は微塵もない。なにより、関係のない彼女を巻き込むな。ここへはもう二度と来ないでくれ」

「待って！　大毅のことで話があるの！　お願い、話だけでも聞いて！」

花純の肩を抱いてこの場から離れようとしたとき、麻耶の声が響いた。

ひとりでいたら、きっと相手にはしなかっただろう。けれど、俺の態度によって麻耶が花純になにかしでかす可能性も捨て切れず、顔をしかめて息を吐いた。

「花純、先に帰っていて。少し話をしたら、俺もすぐに帰るから」

「……はい」

不安に揺れる瞳で俺を見上げる花純は、戸惑いを押し込めるように小さく頷いた。

「場所を変えよう」

俺は彼女がマンションに入るのを見届け、ため息混じりに麻耶に言い放った。

大通りで拾ったタクシーに乗って向かった先は、浅香のバーだった。

浅香は、麻耶を見てもなにも言わなかったが、すぐに事情があることは察したようで、人目につきにくい奥のテーブルに通してくれた。

「手短に済ませてくれ」

ウーロン茶を持ってきた浅香がこの場を離れたあと、冷たく告げた。彼女は不満をあらわにしたが、気を取り直したように唇で弧を描いた。

「さっきも言ったけど、私とやり直さない？　私はやっぱり、創が——」

「そんな話をしに来たんじゃない。俺もさっき伝えたが、君とやり直すつもりはまったくない。岩倉の件がなにかは知らないが、話がないなら今すぐに帰らせてもらう」

「相変わらず冷たいのね……。創が結婚したなんて信じられないわ。私のことはちっとも気にかけてくれなかったくせに……っ。本当にひどい男よね……」

麻耶は、声を震わせて大粒の涙を零したが、俺の心は驚くほど動かなかった。

過去に囚われていたのが嘘のように、彼女を見てもなんの興味も湧かず、泣き顔を前にしても取り立てて特別な感情は芽生えてこない。

大切だったはずの女性は、いつしか俺の中で赤の他人になっていたらしい。

こんな風に思えるほどになったのは、きっと花純のおかげだ。

彼女が与えてくれた穏やかで優しい日々の中で、知らず知らずのうちに過去と決別できていたのだろう。

ここまで花純に救われていたなんて、本当に情けない話だ。

けれど、それと同時に、凝り固まっていた考えが変わり始めていく。

「あなたの奥さんのこと、少し調べたわ。カフェサロンのスタッフなんですってね。ねぇ、創……私、本当はあなたと別れたくなかったのよ。あなただって、私と別れたくなかったでしょう？　だから、考え直してよ……」

麻耶はこんな女性だったのだろうか……と驚きはあったが、今にして思えば彼女は俺の前ではずっと無理をしていたのかもしれない。もしかしたら、互いに弱さを見せないまま一緒にいただけで、本当のところは向き合えていなかったのだろうか。

そんなことが脳裏に過ったが、反省こそすれど後悔は感じなかった。

「やり直すつもりはない。だいたい、その指輪は岩倉からもらったんだろう？」

麻耶の左手の薬指に視線を遣ると、彼女は咄嗟に右手でそれを隠すようにした。

「……あなたがやり直してくれるのなら外すわ。私、このまま大毅と結婚するのが不安なの……。だからお願いよ、創。私と――」

「麻耶！」

必死に訴える麻耶にため息が漏れたとき、切羽詰まった声が響き、店内にいた客や浅香の視線と同様に俺もドアの方に目を向けた。

「大毅!?　どうしてここに？」

「それは俺のセリフだよ！　麻耶こそ、どうして君嶋に会いに行ったりなんか……」

突如この場に現れた岩倉に、彼女は困惑と驚きをあらわにしている。

岩倉に連絡をしたのは、タクシーに乗ってすぐのこと。浅香の店の住所とともに

【麻耶を迎えに来てくれ】とメッセージを送ったが、あれから一時間が経過していた。

久しぶりに見る岩倉は、あの頃とあまり変わらない。気まずそうに俺を一瞥したきり目は合わなかったが、俺は至って冷静でいられた。

「俺が連絡したんだ。なにがあったのかは知らないが、麻耶には岩倉がいるだろう」

「……ッ」

眉を下げて涙を零し続ける麻耶に、岩倉が意を決したように息を吐く。

「麻耶……お前、ずっと君嶋とのことを後悔してたよな。時間が経ってもこんなことするくらい未練があるなら、俺はもう――」

「悪いが、勝手に話を進めてくれるな」

あとに続く言葉を予想した俺は、呆れつつもふたりを見据えた。

「ふたりになにがあったのかは知らないが、俺はもう結婚しているし、今さら会いに来られても迷惑なだけだ。痴話喧嘩は自分たちで解決してくれ」

「え？　結婚って……君嶋が？」

「ああ、そうだ。悪いが、妻がひとりで家で待っているんだ。事情も説明せずに出てきたから、一刻も早く帰りたい。あとはふたりで話し合ってくれ」

さきほどからずっと花純のことが気になり、彼女のことばかり考えていた。

家で待っているであろう花純が今どんな気持ちでいるのかと思うと、目の前の状況なんてどうでもいいと思えるほどに。

まさかこんな形でふたりと再会するとは思ってもみなかったが、今度こそもう会う気はない。仮になにかの折に顔を合わせたとしても、会話をすることもないだろう。

「君嶋っ……！」

席を立った俺を呼び止めた岩倉は、戸惑いと困惑をない交ぜにしながらもフロアに膝をついた。そのまま両手も床につけた岩倉が、勢いよく頭を下げる。

「あのときは本当に悪かった！ 許してもらえるとは思ってないし、俺のことは許してくれとは言わない。でも、麻耶のことは恨まないでほしい……。憔悴してた麻耶に付け入ったのは俺なんだ……。だから、麻耶は悪くないんだよ！」

今ならわかる。岩倉も悩み苦しみ、俺に対する罪悪感を抱いていたのだ……と。

けれど、もう過去に囚われる必要はない。麻耶も、岩倉も、そして俺自身も。

「土下座できるほど大切なら、麻耶がふらふらしないようにちゃんと捕まえておけ」

それぞれがなんらかの形で苦しんだのだから、あの頃のことはそろそろ〝ただの青くさい思い出〟にしてしまえばいいはずだ。

「麻耶も、俺よりも岩倉といることを選んだんだろう？ だったら、岩倉のことは傷つけるな。だが、あの頃の俺は、仕事にかまけてばかりで麻耶を気にかけることができなかった。それについては、本当にすまないと思っている」

そう思うと、自然とそんな言葉が口をついていた。

「麻耶との時間を大切にできていなかったし、麻耶のことをちゃんと見ていなかったと、今ならわかる。こんな風に思わせてくれたのは、妻である花純なんだ。花純と過ごす日々の中で、俺は色々なことに向き合えていなかったと気づけた」

当時はきちんと伝えられなかった謝罪に、あの頃に置き去りにしたままだった後悔と反省を込めて。まるで忘れ物を渡すように、なんでもないことのように。

「ふたりのことは恨んでいないが、昔のような関係性に戻ることもない。それでも、一度は大切だと思ったふたりに不幸になってほしいとも思っていない。だから——」

ただ滔々と話していけば、心は思いのほか軽く、けろりとしている自身に気づく。

それがなんだかおかしくて、驚くほど簡単に笑みが漏れた。

「俺のことなんて気にも留めずに、せいぜい幸せになれ」

穿った餞には当時は伝えられなかった感謝を隠し、清々しい気持ちで唇の端を持ち上げる。

これまでの俺なら嘲笑してしまいそうな綺麗事だったが、案外悪くないと思えた。

「創……」

「じゃあな」

眉を下げて涙を零す麻耶と、呆然と床に座ったままの岩倉を置いて、カウンター越しの浅香に「悪かった」と声をかける。

「今度埋め合わせろよ」

呆れたような苦笑を返されて頷き、二杯分のウーロン茶の料金とは別に、店内にいた五人分の酒代を手渡す。

「これで他の客になにか出してくれ。お前への埋め合わせは近いうちに」

肩を竦めた浅香は、白い歯を見せて「お前が幸せでよかったよ」なんてごちた。

意外な言葉に目を見開くと、浅香が呆れ混じりの苦笑を零した。

「なんだ、無自覚かよ。お前、奥さんに離婚されないように気をつけろよ」

「……肝に銘じておく」

シャレにならない忠告に眉をひそめて、店を出ようとしたとき。

「君嶋……！　ありがとう……！」

背後から飛んできた声に振り向くと、立ち上がってこちらを見据えていた岩倉の姿があった。その傍らには、麻耶が寄り添うように立っている。

どんな理由があったにせよ、ふたりならまた向き合えるだろう。

背中を向けて右手を上げながら、わずかな安堵感を抱いたことに苦笑が漏れた。

こんな気持ちになるなんて、お人好しな花純に感化されたのかもしれない……なんて、俺らしくないことを考えながら店を後にした――。


一月の冷たい空気が、肌をチクチクと刺す。

凝り固まっていた頭が冷やされ、思考が解れていく。そんな感覚に包まれて駅に続く大通りに出ると、タクシー乗り場には行列ができていた。

一分でも一秒でも早く帰りたくて、並ぶという選択肢は早々に外す。

(……走るか)

運動には不向きなスーツと革靴では少々骨が折れるが、ここから自宅までなら走れない距離ではない。それにきっと、駅から離れれば途中でタクシーを拾えるだろう。

結論が出るよりも早くに動いていた足は軽快にアスファルトを蹴り、俺は革靴の音を鳴らしながら走り出した。

麻耶が現れたのは予想外のことで、彼女が花純になにを言ったのかはわからないから、一抹の不安はある。花純のあの表情から察するに、傷ついたのだろう……。

ただ、麻耶と岩倉に会えたことで、自分が選ぶべきものがようやく見えた。

というよりも、向き合う覚悟ができた――と表現する方がより適切だろう。

いつか花純をひどく傷つけてしまいそうで、それなら彼女とは契約通りの期間で離れるべきだと思っていた。

誰よりも幸せになってほしい花純には、彼女の気持ちに真っ直ぐに向き合えない俺では幸せにできないと考えていたからだ。

けれど、本当は俺が花純を幸せにしたい。

見て見ぬふりをしていた本音も、決して表に出さないように努めていた想いも、これ以上は秘めたままでいたくない。

だから、もう隠そうなんて思えない。

契約結婚から始まってしまったが、花純とならきっと最初からやり直せるはずだ。

(だから、まずはちゃんと伝えよう。……好きだ、ってことを)

俺がまごついていたせいで、今夜の一件で彼女を傷つけてしまっただろう。

そうでなくても、作ってくれた食事を食べなかったこともあるし、過去を訊かれて冷たく当たったこともあった。

きっと、それ以外でも、気づかないうちに花純を傷つけてきたに違いない。

今さらこうして悟ったところで償えないかもしれないが、だからといって償おうという意思を持たなくてもいいということにはならない。

なによりも、彼女ときちんと向き合いたい。

もしかしたら、手遅れかもしれない。

けれど、花純さえ俺を受け入れてくれるのなら、この想いを伝えたい。

身勝手だった俺に自身の気持ちを押しつける資格はないが、それでも彼女が俺を拒絶しないでいてくれるのなら、今度こそ本当の絆を築いていきたい。

(だから、ちゃんと言うんだ)

契約結婚をやめて最初からやり直そう──と。

そして、もうひとつ。

花純は覚えていないかもしれないが、俺たちはとっくに出会っていたのだ──と。

固い決意を胸に留めた頃、ようやくマンションの前に着いた。

二、解けた糸

夜が深まる二十二時半過ぎ。静かなリビングのソファで、私は膝を抱えた。

創さんが麻耶さんとどこかに行ってから、一時間が経とうとしている。

ふたりがどこへ行ったのかも、どんな話をしているのかもわからない。ただ、彼女の言葉をそのまま受け止めるのなら、彼とやり直すために会いに来たんだろう。

(創さんははっきり断ってたけど……本音はどうなのかな……)

そんなこと、考えるまでもない。

彼は、もう恋愛も結婚もしなくていいと思うほど傷つき、だからこそ私と契約結婚をすることになった。そうしたのは、今も過去を引きずっているから。

創さんの中には、きっとまだ麻耶さんへの想いがある。彼が過去を話してくれたときは淡々とした素振りもあったけれど、その瞳は儚く寂しげだった。

キスをしても体を重ねても、創さんの目が私に向くことはなかった。あの優しかった眼差しは、私ではなく彼女に見せていたものだったのかもしれない。

そう思うと、彼の態度のなにもかもに説明がつく気がした。

（私の役目は終わり……なんだよね）

創さんと麻耶さんがやり直すことになれば、偽りの妻はいらなくなる。周囲を欺くためのお飾りの妻は、ハッピーエンドを迎えるふたりの邪魔になるのだから……。

「たくさん嘘ついた罰かな……」

ぽつりと落ちた声が、微かに震えていた。

最初から予期していた失恋でも、予想だにしなかった展開で訪れると思うと、覚悟の仕方がわからない。三年間かけてつけようとしていた心の整理をする暇もなく、終わりが迫ってくる。その事実を前に、自嘲混じりの微笑が漏れた。

けれど、同時に〝創さんに誰よりも幸せになってほしい〟という私の願いは叶う。彼にとっては、彼女と歩んでいく未来が幸せを運んできてくれるに違いないのだから。願ったり叶ったりじゃないか、と自分自身に言い聞かせる。

そのためならこの恋を諦められる――と感じた瞬間が、確かにあった。

「本当にバカだなぁ……」

それが甘い夜に溺れた綺麗事だったと気づいたとき、視界を歪めていた雫がそっと零れ落ち、胸の奥がぎゅうっ……と締めつけられた――。

ぼんやりとしていると、玄関のドアが開く音がしてハッとした。

反射的に見た時計は二十三時半近くを差し、慌てて頬についた涙の痕を手の甲で拭う。平静を纏うために深呼吸をして、創さんを出迎える心の準備をした。

「ただいま」

リビングに入ってきた彼が、瞳を緩める。優しげでありながら清々しそうな双眸を前に反応が遅れ、一拍置いて「おかえりなさい」と微笑んだ。

「……走って帰ってきたんですか？」

額に汗を滲ませた創さんが、どこか気まずそうに苦笑を浮かべる。その面持ちからは、わずかな緊張が読み取れた。

「ああ。花純に話したいことがあって、タクシーを待てなかったんだ」

逸る気持ちを抑えられなかったらしい彼に、心がひどく痛む。

麻耶さんとよりを戻すことが決まり、早く私との関係を清算してしまいたかったんだろう……と思い、喉の奥からグッと熱が込み上げてきた。

「花純」

低く真剣な声音が、耳朶を打つ。

確かな〝終わり〟が訪れる合図に、こぶしを握った。

(待って……まだ言わないで！　私は、まだ……)

心の中で叫んだ本音は、創さんには届かない。こんなこと、言えるはずがない。

「契約結婚を終わりにしよう」

直後、静かに、けれどはっきりとした口調で紡がれた言葉が落ちていく。そのさなか、目の前が真っ暗になった。

あとに続く説明を聞くのは怖い。内容はもう想像できるのに、彼の口から零されてしまうと立ち直れなくなる気がした。

(でも、創さんに全部言われるくらいなら……)

なけなしの思考が、情けないことを考える。決して自分から言うことはないと思っていた言葉が脳裏に過ったときには、もう喉元まで出かかっていた。

「契約では三年だったが、この関係を終わらせたい。俺は――」

「私も同じことを思っていました」

創さんを遮り、精一杯の笑顔を浮かべる。『俺は』に次ぐ言葉を予測したせいで胸が張り裂けそうだったけれど、彼を困らせたくなくて必死に口角を上げて見せた。

「契約満了までまだ二年半ほど残っていますが、ここから出ていきます」

「え？」

「さすがに今日明日ってわけにはいきませんけど、できるだけ早く……遅くても今月中にはなんとかします。だから、それまで待っていただけますか？」

目を見開く創さんは、まさか私から言い出されるとは思わなかったのだろう。

本当はすぐに出ていかなければいけないとわかっている。

ただ、住むところがないまま出ていくことはできず、実家に帰れば家族に心配をかけてしまう。歩美や志穂ちゃんを頼ることも考えたものの、どれを選んでも上手い言い訳を見つけられそうになかった。

「出ていくって……そんな、どうして……」

程なくして、ハッと我に返ったような彼が、動揺を纏った瞳を向けてきた。

〝どうして〟なんて、どうして訊くんだろう。理由なら彼もよくわかっているはずで、私がこんな選択肢を取るのは必然でしかないのに……。

「このまま創さんと一緒にいるのは、さすがに苦しいです……」

麻耶さんとやり直す創さんと住み続けるのは、いくらなんでも苦しい。私がいる限りは彼女とこの家で会うことはなくても、彼の幸せそうな姿を見るのはつらい。

創さんに幸せになってほしいという気持ちは、今もまったく変わらない。けれど、それとこれとは別問題だ。失恋と同時に彼の幸せを喜べるほど、私は強くない。

どちらにしても出ていくしかないけれど、一刻も早く創さんから離れることしか考えられなかった。

「……わかった」

言葉を失うように沈黙していた彼が、眉を寄せて小さく頷いた。その面差しが苦しげに見えるなんて、なんておこがましくて都合のいい解釈だろう。

「すみません……。できるだけ早く出ていく準備をしますから。ひとまず、ウィークリーマンションでも探してみます」

どうしても住むところが見つからなければ、しばらくは実家に置いてもらおう。

家族には心配をかけてしまうけれど、遅かれ早かれ離婚の件は伝えなくてはいけないし、創さんだって私のことを気にせずに麻耶さんと会いたいに違いない。

「住む場所は俺も探すよ。約束の報酬もすぐに用意するから、新生活で使うといい」

まるで、『早く同居を解消したい』と言われているようで、気遣ってくれているはずの彼の提案が悲しい。彼女との未来を描く姿を見せつけられている気がした。

「ありがとうございます。でも、報酬はいりません。まだ契約期間が二年半も残っている以上、これは契約不履行ですから。いくらなんでも、いただけません」

「いや、だが……こうなったのは俺のせいだ。そんなわけにはいかないよ」

確かに、麻耶さんが現れたことで契約期間が短縮されたから、創さんが責任を感じるのもわかる。それでも、私は彼の提案を受け入れるつもりはない。

「いいえ、本当に受け取れません。これまで生活の保障をしていただき、プレゼントもたくさんもらいました。契約結婚とは思えないほどお気遣いいただいたのに、契約不履行の状態で報酬をいただくなんてできません」

きっぱりと断っても、創さんが納得していないのは見て取れた。

「大丈夫です。最初の契約は守りますし、もちろん他言もしませんから」

「……わかった。その代わり、せめて新居の手配はさせてくれ。できるだけ君の条件に合うところを探すし、もちろん最終的には自分で決めて構わないから」

「わかりました。じゃあ、お願いします」

承諾すると、彼は安堵混じりに息を吐いた。

「離婚の時期や報告も、俺に任せてくれないか。入籍からまだ半年だし、少し慎重に動きたいんだ。できるだけ早く手配するから」

「もちろんです。お仕事の都合もあるでしょうから、そのあたりはお任せします」

「君嶋のことは気にしなくていいが、真下の家にはできるだけ早く謝罪に行くよ」

「そんなわけにはいきません。私もきちんとご挨拶に伺わせてください」

創さんが、複雑そうな笑みを浮かべる。彼にとっては迷惑かもしれないけれど、たった半年でも家族だったのだから、最後の挨拶くらいはきちんとさせてほしい。

「じゃあ、花純の引っ越しが済んで落ち着いたら、お互いの家に報告に行こう」

淡々と決まっていく、終わらせ方。呆気ないほどにスムーズで、契約結婚で築き上げた日々がいかにちっぽけなものだったのかを思い知る。

それでも、楽しい日々は確かにあった。幸せな時間も、決して幻じゃなかった。

こんな風に思っているのは、きっと私だけだろうけれど……。

「ありがとう。花純との日々は新鮮で、とても楽しかった」

柔和な声音が鼓膜に届いた刹那、思わず瞠目した。予想もしなかった言葉に、必死に保っていた平静が崩れる予感が過り、視界が歪んでいく。

創さんは、本当にずるい。最後まで優しくされたら、この恋の諦め方がますますわからなくなってしまうのに……。

「残り少ない期間だが、最後までよろしく」

けれど、優しい笑みを向けてくれる彼を、やっぱり好きだと思う。

だから、込み上げてくる熱も鼻の奥の鋭い痛みも全力でこらえて、差し出された大きな手を両手でそっと握った。

手のひらから伝わる体温が、私だけに与えられる笑顔が……。創さんのすべてが、心から愛おしい。

「私も……楽しかったです。本当にありがとうございました」

二度と味わえないとわかっている感覚を胸に刻み、精一杯の笑みを繕って感謝を告げると、彼が私の手をギュッと握り返してくれた。

普通だったら、こんな風に近づくこともできなかった。そんな創さんの傍でほんのいっときでも過ごせ、最後には『とても楽しかった』とまで言ってもらえた。

偽りの妻だったけれど、たくさん優しくしてくれた。私にはもったいないくらい素敵な思い出を与えてくれた。そして、また出会った日のように笑ってくれた。

それで充分だ、と自分自身に言い聞かせる。

〝さよなら〟は、この家を出ていくときに取っておこう。あんなに悲しい言葉を彼に言うのは、人生で一度きりでいい。

離れていく手に縋りつきたくなったのを隠せば、もう二度と絡むことのない糸が解けてしまった気がして、切なさが胸を突き上げてくる。

夜更けにベッドに入った私の脳裏には、創さんと過ごした日々と彼の笑顔ばかりが浮かんで、とめどなく溢れてくる涙を止めることができなかった——。

＊＊＊

寒さがグッと厳しくなった、二月上旬。

小さなバッグひとつだけを持ち、すっかり綺麗になり物寂しい雰囲気に包まれた部屋を後にした。

今日、私は創さんのマンションから出ていく。たった半年しか住んでいないし、契約結婚だったのに……。ここには思い出が多すぎて、寂しさでいっぱいだった。

新居は、彼が見つけてきてくれた1LDKのマンションに決まった。

以前住んでいたマンションの隣駅で、通勤時間は三十分ほどになる。もっと広い部屋や条件がいいところも提示してもらったけれど、分不相応の家に住むのは気が引けて、前の家と似たような条件で……とお願いした。

その代わり、契約結婚の期間である再来年の八月までの家賃は、創さんが支払ってくれることになった。もちろんきっぱりと断ったものの、彼もやっぱり一向に譲ってはくれず、結局は私が甘える形で収まった。

『もし住んでから不便を感じた場合、好きなところに引っ越してくれていい。もちろん、その際の引っ越し費用や家賃はすべて俺が支払う』

創さんにとって、それは贖罪なのかもしれない。罪悪感なんて抱かなくてもいいと思うのに、彼はどうしても私になにかしたいようだった。

『慰謝料とは少し違うが、俺は君のおかげで前を向けたからせめてものお礼だ』

その言葉が意味するのは、きっと創さんが麻耶さんとよりを戻す後押しになったということ。彼の幸せは嬉しいのに、上手く笑えなかった。

『俺にはこれくらいのことしかできないから……』

ただ、申し訳なさそうな創さんを前に、どうしても断ることはできなかった。引っ越す気はないけれど、彼の罪悪感が少しでも減るのなら……と思ったのだ。

「……もう行くのか」

「はい」

リビングに行くと、ソファに腰掛けていた創さんが立ち上がった。

あの日以降、私たちは一緒にランニングをすることも、食事を摂ることもなくなった。彼の仕事が忙しくなったのもあるけれど、お互いに避けていたのも間違いない。

私は遠慮し、創さんは罪悪感からそうしているようだった。彼と共有する時間がなくなったことは寂しかった反面、おかげで心の準備をする時間はあった。

それに、昨夜はディナーに誘ってくれた創さんとレストランで食事をして、今朝は彼がコーヒーを淹れてくれた。

その間、不自然なほど思い出話をすることはなかったけれど……。なんとなくそこには触れてはいけない空気感が漂っていて、とりとめもない話で間を持たせた。

「本当に送らなくていいのか？」

「はい。荷物は先に送っていますし、大丈夫です」

心配そうな面持ちの創さんに、明るく笑って見せる。彼に送ってもらえば、別れ際に泣いてしまうかもしれない。

最後は笑顔で終わりたいからこそ、ひとりで行くことにした。

カードキーとクレジットカードを差し出せば、創さんは数瞬して首を横に振った。

「万が一、忘れ物があったら困るだろう。クレカも色々と入り用になるだろうから、離婚届を出すまでは持っていていいよ」

忘れ物がないのは、しっかりと確認済みだ。数日前から何度も確かめ、くれぐれも自分の痕跡を残さないように細心の注意を払った。

部屋に残っているのは、一部の家具と最初に預かった現金だけ。後者は直接返せば受け取ってもらえないのをわかっていたから、あえて黙って置いていくことにした。

「じゃあ、また後日お返ししますね」

いよいよ差し迫る別れを前に、創さんを見つめたまま微笑む。

「今日まで本当にありがとうございました」

「こちらこそ、本当に感謝している。体には気をつけて」

「はい。創さんも無理はしないでくださいね」

頷いた彼も微笑を浮かべ、私たちはお互いの瞳をしっかりと見つめ合った。

「それじゃあ、もう行きます」

先に切り出したのは、泣いてしまいそうな私の方だった。胸の奥底から突き上げてくる熱を隠すように目を背け、言い終わると同時に背中を向けた。

「せめて下まで送るよ」

「いえ、大丈夫ですから」

震えそうな声に平静を纏わせるので精一杯で、創さんの顔を見ることができない。

彼は「それなら玄関まで」と言い、私の後ろからついてきた。

背中に感じる視線を意識しないよう、決して涙を零さないよう、パンプスに足を入れる。小さな深呼吸をして、最後は笑顔で別れるために満面の笑みで振り向いた。

「さよなら」

創さんと、彼との思い出。そして、私の心を占める恋情に紡いだ、別離の言葉。

悲しい響きが静かな廊下に落ちれば、創さんが眉を寄せて微笑んだ。

「ああ、さよなら」

まだお互いの家族に報告もしていないし、仕事で彼と会うことだってあるはず。

完全な別れではないけれど、この場にふさわしい挨拶が私たちを繋いでいた細い糸を切るように、ふたりだけの秘密の関係に終止符を打った。

部屋を出るときは振り返らなかった。足早にエレベーターに乗り込み、コンシェルジュの「いってらっしゃいませ」に視線を逸らして曖昧な笑みを零す。

エントランスを抜けて外に出ると、私の心には似つかわしくない晴れ晴れとした空が広がっていて、視界を占める青色にとうとう涙をこらえ切れなくなった——。

駅までの道を歩きながら、瞳を覆う水膜が際限なく零れていく。

ランニングコース、一緒に買い出しに行ったスーパー、車で走った住宅街。

半年間で歩き慣れた道にも創さんとの思い出がたくさんあって、どこを見ても胸の奥がひどく軋んで、心が抉られるような痛みが濁流のごとく押し寄せてきた。

彼と本当の夫婦になれることはないとわかっていたのに、いつの間にか優しさに触れすぎていた。

今さら、どうすればあの温もりを忘れられるのだろうか。

けれど、創さんの記憶に残る私が笑顔のままであるなら、せめてもの救いになる。優しい創さんの中にあった罪悪感を少しでも和らげ、彼が前を向いて幸せになれるのなら、私がひとり密かに抱えていた決意は無駄にはならないはずだから。

大きく深呼吸をしても涙は一向に涸れそうになかったけれど、このままずっと泣いているわけにはいかない。

（でも、さすがにこの顔じゃ電車に乗れないよね……）

仕方なく、駅の手前にある小さな公園に足を踏み入れてベンチに腰掛け、バッグから桐の箱を取り出した。蓋を開ければ、滲む視界にかんざしが映る。

祖母が今日までの一部始終を知ったら、なんて言うだろうか。

周囲を騙していたことを叱られるか、それともバカな孫だと呆れられるか……。たくさん叱られてもいいから、祖母に会いたくてたまらなくなった。

人気のない公園にいると寂しさに包まれるけれど、今の私が頼れる人はいない。

事情を知らない家族や友人に説明はできないし、どんなに苦しくてもひとりで乗り越えるしかないんだ……と思い知る。

呼吸を整えようと、深呼吸を繰り返す。そのさなか、コートのポケットに入れていたスマホが震えていることに気づき、鼻を啜りながらディスプレイを確認した。

飛び込んできた【創さん】という文字に、目を丸くする。たった今、別れたばかりの創さんがどんな用件で連絡をしてきたのかは、鈍い思考では考える余裕もない。

それでも、無視はできなくて、息を大きく吐き出してからスマホを耳に当てた。

「……もしもし?」

『花純?』

低く柔らかな声色が、鼓膜をそっと撫でる。

彼の声はこんなにも優しかっただろうか……と思うと、鼻の奥がツンと痛んだ。

「はい……」

『言い忘れていたことがあるんだ』

創さんの吐息にも話し声にも、心は鋭敏に反応する。彼への恋情は『さよなら』なんて一言では終わらせることができないのだと、早々に思い知らされてしまった。

「なんでしょうか?」

涙声になっていると気づかないでほしいけれど、きっと創さんならもう察しているに違いない。あまりにも格好がつかないことに、自嘲混じりの微笑が零れた。

『君の幸せを願っている』

刹那、柔和な言葉が私の心を容赦なく抉った。

与えられる優しさは嬉しいのに、その思いやりが残酷だ。

『ただの自己満足だが、そう伝えておきたかったんだ。それから――』

ためらうような、わずかな沈黙。そのあとで、彼が息を小さく吐いた。

『もう、大切なものを失くすなよ。君がまた雨に濡れていても、俺は君の代わりに探してあげられないから』

懐かしむような穏やかさを纏った声が、鼓膜を通して心を揺らす。それはまるで、大切な思い出を語るように。

二月の冷たい空気の中、思考が停止する。

なにを言われたのか理解できなくて、目を見開いたまま静止してしまった。

「え……」

遅れて漏れた掠れ声が、風に奪われていく。

(そんなはずない……。だって、まさか……)

使い物にならない頭が少しずつ働き始めても、疑問符ばかりが浮かんでは消える。

『それじゃあ、気をつけて』

口を開こうとする暇もなく、創さんは混乱する私を差し置いて電話を切った。

(創さんは、全部知っていたってこと……?)

疑問を呈する時間もなかった私は、彼の言葉を繰り返し思い出す。反芻するように心の中で呟き、何度も何度も確認する。

創さんがなにを考えているのかなんて、私は知らない。

彼がどうしてこんな電話をしてきたのかなんて、私にはわからない。

(でも……)

だからこそ、知りたい。

創さんが今、なにを思っているのか。あの夜、『契約結婚を終わりにしよう』と言った彼が、本当はそのあとにどんな言葉を続けるつもりだったのか。

思考はグルグルと巡り、正解を見つけられない。

けれど、このまま駅に行ってしまったら、きっと私は一生後悔する。

なによりも、大切なことを見落としている気がして……。居ても立ってもいられないと思ったときには、バッグを引っ摑んで立ち上がり、全力で走り出していた――。

三、不器用なふたりの確かな想い

五センチヒールのパンプスが、何度も足から抜けそうになる。

そのたびにつまずき、転びそうになりながらも、必死に走った。

なんでもいいから、創さんの役に立ちたいと思っていた。彼に救われた過去の恩を少しでも返せるのなら、この恋が叶わなくてもいいと自分自身に言い聞かせた。

けれど、本当は私が創さんを幸せにしたい。

麻耶さんでも他の女性でもなく、私が彼を支えたかった。

それが叶わないと知っていたから強がって、ただ好きな人の幸せを願うふりをして明るく振る舞い、創さんを困らせたくないから笑顔で別れたのに……。今は、彼を困らせるとわかっていても、もう一度この想いを伝えたいと思ってしまった。

子どもの頃の淡くほのかな恋心とは違う、不器用で意地っ張りで身勝手な恋。

綺麗事なんて言えない。他の人との幸せなんて、やっぱり願えない。いい子ではいられないほど好きな人だから、みっともなくてもいいから会いたかった。

マンションにたどりつき、エントランスを通過する。脇目も振らない私を見たコンシェルジュは驚きつつも、すぐに笑顔で「おかえりなさいませ」と頭を下げた。

適当な返事を置いてエレベーターに飛び乗り、逸る気持ちを抑えられないままドアが開くのを待つ。肩でする呼吸をなだめる間もなく、六階に着いた。

インターホンを鳴らす時間すら惜しくて、もう使わないと思っていたカードキーでドアを開けてパンプスを脱ぎ捨て、リビングに駆け込む。

「花純……!?」

刹那、バルコニーにいたらしい創さんが、私の姿を見て瞠目した。

風を切ってきた私の髪は乱れ、コートが肩からずり落ちている。数刻前まで泣いていた顔は、きっとメイクが崩れているに違いない。

かっこ悪くて、ぼろぼろで、呼吸だってまだ落ち着かない。

「私が、あのときの子だって……知っていたんですか……?」

それでも、言いたいことが溢れてくる。

「どうして……最後にあんなこと言うんですか……?」

近づいてくる彼の顔が歪んでいく。泣きたくないのに、声が震えてしまう。

「創さんの幸せを願って出ていくって決めたのに……あんなこと言われたら離れたくなくなるじゃないですか……っ!」

創さんを責めるつもりなんてないのに、涙声で紡ぐ口調はどんどん強くなる。

「この恋の諦め方が、わかりません。どうしても、創さんが好きなんです……。創さんじゃないと嫌なんです……！」

心も顔もみっともないくらいグチャグチャで、冷静に話したいと思っていたのに自分の気持ちばかりを主張してしまう。

「私じゃダメですか……？　私は創さんを幸せにできませんか……？」

けれど、彼への想いが抑え切れなくて、言葉が止まらなくなった。

「……花純は、俺と一緒にいるのが苦しくて出ていったんじゃないのか？」

怒涛の勢いで言い募っていた私に、ようやくして創さんが口を開いた。彼は困惑を浮かべつつも、私の瞳を真っ直ぐ見つめている。

「そうです……。だって、苦しいに決まっているじゃないですか！　麻耶さんとよりを戻す創さんの姿を見るなんて……っ！　ッ、だから……」

駄々っ子のように喚く私に、創さんは呆然としている。彼に呆れられたと悟り、二度目の失恋を予感する。

「なんだ……。両想いなんじゃないか……」

ところが、創さんの口から零されたのは、信じられない言葉だった。

夢かと思うほど現実味がなくて、本当に彼が言ったのか確信が持てない。それくらい困惑してきょとんとする私に、困ったような笑みが向けられた。

「麻耶さんとやり直すんじゃ……」

「麻耶は今も岩倉と付き合っているし、そうじゃなくても俺は最初から麻耶とやり直す気なんてなかったよ。だって、俺が好きなのは花純だから」

目を真ん丸にして驚く私に、創さんが迷いなく言い切る。

あまりにもあっさりと告げられたせいで、これを告白だと受け取っていいのかわからずにいると、彼は自嘲混じりにため息をついた。

「俺の傍にいても傷つけるだけだと思っていたんだ……」

切なげな瞳が、格好のつかない私を映す。

「最初は本当に、契約結婚の相手としてしか見ていなかった。でも、花純といると色々な感情が芽生えて、いつしか花純の笑顔を見ると嬉しくなっていた。そうやって、少しずつ惹かれていったんだと思う」

いつもは怜悧な双眸が、今日はなんだか不安げだった。

「花純の気持ちを聞いたときは驚きと同時に嬉しくもあったが、その頃はまだ異性としてではなく人としての好意しか持っていなかった。だが、少しして花純の明るさや優しさ、真っ直ぐさが愛おしいと思うようになり始めたんだ」

けれど、その声音には強い意志が秘められている。

「ただ、付き合いたいとか本当の夫婦になりたいとは思えなかった。きっと、俺はまた大切な人を大切にできなくて、花純を傷つけてしまうと思ったから」

創さんが抱えていた、不安や迷いが伝わってくる。

「だから、君への想いに気づき始めても見て見ぬふりをして、確信を持ったあとも本音を隠そうとした。花純を傷つけることも、自分が傷つくことも怖かったんだ……」

普段は自信に満ちた精悍な面差しが、今は大きな後悔を滲ませていた。

「契約結婚じゃなければ、もしかしたらもっと早く本音が言えたのかもしれない。契約結婚であることが自分の首を絞めるとは思いもしなかったが、きっとこんな関係でなければ俺は誰かと一緒に住むこともなかったんだろうなとも思う」

自嘲の笑みを浮かべる彼が、息を深く吐く。一度伏せられた視線が再び私を捉えたとき、そこにはもう不安も迷いもまったくなかった。

「たくさん傷つけたし、もしかしたらこの先も花純を傷つけてしまうかもしれない。八歳も年下の君に支えられてようやく過去と決別できたような男だが、それでも俺はこれから一緒に歩んでいく相手は花純がいいんだ」

叶わないと思っていた恋に手が届く予感に、胸が痛いくらいに戦慄く。

「だから、こんなにどうしようもない俺だけど、傍にいてくれないか」

喜びで唇が震え、喉の奥から熱が込み上げた。

「契約結婚を終わりにしよう」

あの夜と同じ言葉なのに、今は優しく聞こえる。止まりかけていた大粒の雫が、頬を濡らしていった。

「花純。改めて、君に伝えたい」

真摯な双眸が、私をしっかりと見据える。

「俺は、花純のことが好きだ。俺にとって、君は誰よりも大切な存在だ」

私しか映していない瞳がそっと緩められると、五年前と同じ表情が視界を占めた。

「今度はなにがあっても離さないから、これからはずっと俺の傍にいてほしい。もしまた君が雨に濡れていたとしても、誰よりも最初に手を差し伸べられるように」

そっと伸ばされた大きな手が、私を待っている。

都合のいい夢よりもずっと、甘くて優しい。そんな現実が目の前で起こっているなんて、まだ信じられない。

「はい……」

それでも、私は一縷の迷いもなく大きく頷き、創さんの手を取った。

ギュッと握られた手のひらから、もう二度と触れられないと思っていた彼の体温を感じる。その温もりと感覚に、胸が詰まった。

「……っ、創さんの本当の妻にしてください……」

嬉しくて、幸せで。けれど、まだ信じられなくて、涙がとめどなく溢れてくる。

「ああ。花純に話したいことがたくさんあるんだ。今まで伝えられなかったことを、全部ちゃんと言いたい。でも――」

創さんは困り顔をしつつも、幸せそうに微笑んでいる。

「まずは、花純の体温を感じたい」

そんな彼を見つめる私は、同じ気持ちを抱えていると伝えるように瞳を緩める。

次の瞬間、私の体が宙に浮き、創さんに抱かれて彼の寝室に移動した。


正午を過ぎたばかりの寝室のカーテンは閉じられ、灯りも消えている。けれど、お互いをしっかりと目視でき、瞳の色まで確かめられた。

すべてを見せるのは恥ずかしい、なんてことが頭の片隅に過ったのは一瞬だけ。

ベッドに横たわり、私に覆い被さった創さんの顔が近づいてくる。そのままふたつの唇が重なってしまえば、余計なことを考える思考なんてどこかに消えた。

「花純」

優しい声が、私を呼ぶ。愛おしいと言わんばかりに紡がれる名前が鼓膜をくすぐるたび、彼の腕の中で胸が甘やかな音を立てて震える。

何度も唇をすり合わせ、リップ音を鳴らしながら重ね直して。唇を割り開く舌に口腔を蹂躙されると、脳髄まで翻弄されてしまうような水音が響いた。

服がはだけられ、白日の部屋で素肌をさらす。劣情に濡れた瞳が肌をたどり、指先で甘く撫でられると、羞恥を飛び越えて心ごと乱された。

「好きだ……。花純……」

余裕なさげな吐息の合間に落とされる、甘ったるい言葉。私を甘やかすような、たわんだ瞳。燃えるような熱を孕ませた、逞しい体軀。

そのすべてに夢中になって、創さんが与えてくれる愛に全身全霊で応えた。

唇を離しては結び直し、数え切れないほどのキスを繰り返して。お互いの名前を呼び、呆れるほどに愛を紡いで、不器用なりに心と体で想いを伝え合った。

「創さん……っ、好き……好きです……」

譫言のように零せば、柔和な瞳が幸せそうに弧を描く。

「ああ、俺も……。愛してる――」

薄れゆく意識の中、彼が紡いだ言葉に心は感極まり、涙が頬を濡らした――。

＊　＊　＊

心地好い気だるさに包まれながら、そっと瞼を持ち上げる。まだ眠っていたくてうとうとし、肌に触れる温もりを感じては今の状況を確認したくなって目を開けた。

そんなことを繰り返している間、額や頬には柔らかな感触が何度も触れていた。

「ふふっ……」

くすぐったさに寝ぼけ眼のまま笑えば、創さんが腕の力を緩めて私を見つめた。

「起きた？　眠かったらまだ寝ていていいよ」

「うん……でも、もう目が覚めちゃいました」

ここ最近は、ずっと寝不足だった。彼との契約結婚が終わり、また社長と一スタッフに戻ることばかり考えて、すっかり睡眠が浅くなってしまっていたから。

けれど、今は体に残る睡魔よりも、創さんとの時間を優先したい。なんでもいいから彼の存在を感じていたくて、重い瞼をこすって顔を上げた。

「お腹は空いていないか？　なにか頼もうか」

「……ううん、今はまだいいです。もう少しだけこうしていてください」

触れ合う素肌にも、近すぎる距離にも、ドキドキする。それでも、創さんと離れたくなくて勇気を出して素直な気持ちを零せば、彼の瞳がふわりと緩められた。

「ああ、そうだな。しばらくこうしていよう」

甘やかすような囁きが鼓膜をくすぐって、優しい指先が髪を梳いてくれる。額にくちづけた唇が瞼や頬に滑り、鼻先にも触れたあとで視線がぶつかった。

無言のまま創さんを見つめれば、柔和な眼差しが近づいてくる。額がこつんとぶつかった直後、ぼやけた視界の中で唇にキスが贈られた。

触れては離れ、唇を食み、戯れのようなくちづけを繰り返す。お互いの想いを確かめるようなキスは、心がとろけるように甘ったるくて面映ゆい。

幸福感で満ちている心は、この上ない喜びで震えていた。

「こうして見ると、あの頃のままだな」

「え？」

誰に言うでもない言葉に瞬きをすれば、彼は懐古感を滲ませた。

「五年前に一度だけ会ったことがあるだろう？」

問いかけるようでいて確信めいた口調に、まだ訊けていなかったことがあるのを思い出してハッとする。さきほどは夢中で、すっかりうやむやになっていた。

「あの……！　創さんも、あのときのことを覚えていたんですか？　なにも言われないから、私だと気づいていないんだとばかり……」

「忘れたことはなかったよ。あんな経験、そうそうないだろう。だが、あのときの女の子が花純だとは思いもしなかった」

「じゃあ、いつ気づいたんですか？」

冷静になれた今は早く真相が知りたくて、創さんを急かすようにじっと見つめる。

「最初に違和感を覚えたのは、パーティーのためにヘアメイクをしたときだ。なんとなくどこかで会ったことがある気がしたが、そのときは気のせいかと思っていた。カフェスタッフの君とは、契約結婚の話が出る前から何度も顔を合わせていたからな」

彼は苦笑を浮かべつつも、順を追って教えてくれた。

「だが、一緒に過ごしているうちに、気のせいだとは思えなくなっていった。そうかもしれないと思ったのは、花純の誕生日のときだ。プレゼントを贈ったときの花純の笑顔が、あの日の別れ際に見た君の表情と重なった」

真っ直ぐな瞳が弧を描き、当時を懐かしむような面持ちになる。

「ただ、記憶が鮮明だったわけじゃないし、確信は持てなかった。それに、花純があのときのことを覚えていないとは思わなかったが、なにも言わないことを考えると人違いか、そうじゃなくても言いたくないのかのどちらかだろうと……」

創さんが悩んでいたことも、戸惑いつつもなにも訊かずにいてくれたことも、彼の優しさだったのだろう。

「確信したのはかんざしを見たとき、ですか？」

優しい眼差しがさらに笑みを深め、創さんが大きく頷く。

「あのデザインは今風のものではなかったし、かんざしを見つけたときに少し古くて珍しいデザインだな、と思ったことも記憶に残っていた。それに、あのときの花純は『この世にひとつしかないかんざしなんです』と言っていただろう？」

五年前の私はそんなことも話したのか……と驚く。困惑と不安で冷静さを欠いていたから、それを伝えたことはまったく覚えていなかった。

「それが確信に繋がった。ただ、花純がどうしてそれを話さないのか、そのときはわからなかった。今にして思えば、簡単にわかることなのに」

彼は私の気持ちを察するようにふっと笑い、次いで端正な顔に後悔を浮かべた。

「俺のことが好きだから、花純は契約結婚を受け入れてくれた。利害の一致ではなかった以上、過去に出会っていたなんて言えば、契約結婚を望んでいる俺の意思から外れることになる。なにより、俺を困らせたくないと思ってくれたんだろう？」

すべてを悟っていた創さんは、きっと私の気持ちを慮ろうとたくさん考えてくれたに違いない。やっぱり冷たくなんかない彼を前に、喜びと後悔に苛まれた。

「最初からすべて花純の優しさだったと、今ならよくわかる。君にそうさせた自分自身が、心底腹立たしいよ」

「創さん……」

「花純が家を出ていくと言ったとき、本当は全力で引き止めたかった。だが、これまで俺の事情に合わせてくれていた君を傷つけた俺にそんな資格はないと思ったし、せめて最後くらいは優しく送り出すのが愛情だと思ったんだ」

見当違いも甚だしいな、という声に力いっぱいかぶりを振る。

「優しいからこそ、私のために悩んでくれたんです。創さんはやっぱり冷たくなんてないし、そもそも私はあなたを冷たいと思ったことなんてあの日から一度もありません。私が恋をしたときのまま、創さんは優しい人です」

後悔なら数え切れない。けれど、お互いの深い悔いを経た今を大切にしたい。

私たちはきっと、ここから始まるのだから。

「花純をバカだと言ったが、過去と向き合えずに君を傷つけてばかりだった俺の方がずっとバカで愚かだった。だから――」

息を吐いた創さんが、なにかを決するような真剣な瞳に私を映す。触れ合っていた手が結ばれ、誰にも解かせないと言わんばかりに五指がきつく絡められた。

「これからは花純にそんな思いをさせないように努力する。たっぷり甘やかして、君が嫌になるくらい愛するから、覚悟していて」

甘やかな声音と、真っ直ぐな眼差し。そして、一呼吸置いて湛えられた優しい笑み。出会った頃と同じ笑顔を向けられて、胸の奥から歓喜と幸福感が突き上げてくる。

誰よりもなによりも彼が好きだと、心が叫んでいた。

「新しい指輪を買おう。プロポーズもやり直して、結婚式も挙げるんだ」

重ねた後悔を塗り替えるように、創さんが私の頬を撫でる。

「この部屋は苦い思い出も多いから、もしここに住み続けるのが苦しいのなら新しい家に引っ越して、花純の好きなものに囲まれた部屋で暮らそう。場所も君が選んで構わない。花純が望むことなら、なんだってするよ」

彼が私を大切にしたいと思ってくれているのがひしひしと伝わってきて、それだけで私は笑顔になれた。だからこそ、首を横に振る。

「私はなにもいりません。創さんさえ傍にいてくれるのなら、幸せですから」

「……とんだ殺し文句だな」

きっぱりと言い切れば、創さんが意表を突かれたように目を丸くしたあと、間もなくして微笑みに幸福感を滲ませた。

幸せに満ちた彼のかんばせに、つられて笑みを零す。

綺麗な指輪や新しい部屋があっても、創さんがいなければ私にとっては鈍色のガラクタのようなもの。逆に言えば、彼さえ傍にいてくれれば、モノクロの景色にだって彩りが添えられて至福を感じさせてくれる。

綺麗事だと笑われるかもしれないけれど、私はそう感じていた。

「本当に、花純といると予想外のことばかりだ。でも、今この瞬間が心から幸せだと思える」

「私も幸せです」

明日からは、きっとランニングを再開するはずだ。創さんがプレゼントしてくれたお揃いのシューズを履いて、いつものコースを走ったあとに一緒に朝食を食べる。

お互いに仕事を頑張って、彼が早く帰宅できる日にはダイニングテーブルを囲み、他愛のない話をしながら夕食を摂る。

これまでは理由がないとできなかったデートも、恋人たちが交わすようなキスや抱擁だって、当たり前のようにできるのだろうか。

そんな想像をすると、くすぐったくて恥ずかしくて。けれど、また幸せを感じた。

「そろそろお腹が空いてきたな」

「お昼を食べ損ねちゃいましたもんね。夕食には少し早いけど、なにか作ります」

「じゃあ、リクエストしてもいいか？」

珍しいな、と思いつつも「なにがいいですか？」と笑う。

「オムライスがいい。ほら、初めて花純が作ってくれたとき、俺は断ってしまっただろう。だから、ずっと君のオムライスが食べてみたかったんだ」

面映ゆい気持ちと、不器用な温もり。創さんのすべてが愛おしい。

「いいですよ。おばあちゃん直伝のオムライスは、実は一番の得意料理なんです」

わざと得意げに返せば彼が破顔し、それから額にキスが降ってきた。

「それは楽しみだ」

心から笑い合う私たちは、目の前の至福を確かめるように唇を重ねた――。

四、愛おしい妻に甘やかな愛を

今年も寒さ厳しい冬を乗り越え、桜が散って梅雨を控えた頃。

いつものように帰宅した創さんを「おかえりなさい」と出迎えると、彼は真っ先に私の唇にくちづけてきた。

「ただいま」

おはよう、いってきます、ただいま、おやすみ。毎日の挨拶のたびに与えられるキスは、いつだって優しくて春の陽だまりのように温かい。

最初は照れくさかったこの行為も、今では喜びだけを感じられた。

「カフェサロンの夏メニュー、好評なんですよ」

「そうか。いつものことだが、期間限定のメニューは人気が出るな」

「はい。特に、夏野菜の玄米リゾットと冷製ポタージュがよく出ています。あと、デザートはコーヒージェラートが人気です」

夕食を摂りながら一日の出来事を話すのも、すっかり日課になっている。

「やっぱり夏は野菜系が強いか。七月にオープンするカフェサロンは、恐らく夏限定のメニューが一番売れるだろうが、定番メニューもできるだけ早く周知させたいな」

二か月後の七月下旬には、静岡《しずおか》と青森《あおもり》にカフェサロンがオープンする。

それぞれの県で初出店になるため、KSSでは八月頃に出す予定になっている今秋の新作のランニングシューズのPR同様、とても力を入れているのだとか。

「あとは、カフェサロン自体を知ってもらうことだな。コンビニとのタイアップは関東限定になってしまったし、手軽に試してもらえるようになるのはまだ遠そうだ」

ため息混じりに肩を落とす創さんは、『大手コンビニチェーンとの企画が予定よりも小規模になった』と少し前に話していた。

グループの代表取締役である彼のお父様も押している企画だったにもかかわらず、社内の上層部で反対意見も多く、結局は全国で売り出すことはできなかった。

現在は、関東近郊の店舗のみでカフェサロンで人気の低糖質パスタとサンドイッチが取り扱われているものの、創さんとしては不満が残る結果になったようだ。

「まだ店舗が少ないからこそ、これからオープンさせていくカフェサロンをもっと身近に感じてもらうようになることが、今の一番の課題なんだが……」

なかなか難しそうだ、と苦笑を漏らす彼は、今年に入ってから様々な企画を考えている。ただ、どれも順調とは言えないみたいだった。

「うーん……身近って言っても難しいですよね。コンビニは生活に根付いていて身近ですけど、行けばなんでも買うっていうわけじゃないですし」

サンドイッチ、スイーツ、アイスにホットスナック。コンビニ限定のものは数多くあれど、値段が少し高くなるとなかなか手が出ないこともある。

まずは試してもらいたいものでも、日常生活圏内だと財布の紐が固い人もいるだろうし、コンビニ一軒あたりで考えるとたくさん商品を置くのも難しい。

売れ行きは好調だったものの、盛り上がりという意味では少しばかり欠けているようだった。

「お祭りだったら、つい色々買っちゃうんですけどね」

「お祭りって、夏祭りなんかのことか？」

「夏祭りとかフェスとか……あと、創さんと一緒に行ったクリスマスマーケットみたいなイベントなんかもそうですけど、ああいうところって気分が高揚するせいか少しくらい高くても買っちゃうんです。お祭り料金みたいに思っちゃって」

苦笑する私も、夏祭りや初詣で色々と買ってしまった経験がある。

「期間限定のキッチンカーとかもそうですね。次にいつ食べられるかわからないと思うと、ついつい財布の紐が緩みやすくなるんです」

スーパーやコンビニで見たら高価に感じても、お祭りやキッチンカーだと購入してしまうのは不思議だけれど、意外とそういう人は多い気がする。

「そういえば、カフェサロンのメニューでも、スープ系やサンドイッチ、スイーツなんかはキッチンカーに向いてそうですね」

カフェサロンのキッチンカーなんて楽しそうだな、と想像する私を余所に、創さんはなぜか神妙な面持ちで黙り込んだ。

程なくして、彼が眉間から力を抜いた。

「お祭りにキッチンカー……これならいけるかもしれない」

「え？」

「ごめん、仕事をしてくる」

創さんは、言うが早く片手に食器を持って立ち上がったけれど、それを制して「私が片付けますから」と微笑む。

「すまない。少ししたら切り上げるから」

真剣な顔つきになった彼が、すでに仕事モードなのは一目瞭然だ。〝少し〟で済まないことも、安易に予想がついた――。

書斎にこもりきりだった創さんに声をかけたのは、0時を過ぎた頃だった。

仕事に夢中になると他のことを後回しにする彼にはもう慣れたけれど、ここ最近はカフェサロンの件で仕事が立て込んでいて、今週は日帰り出張にも行っていた。

いくら金曜日とはいえ、さすがに今夜はもう休んだ方がいい。心配から苦言を呈すると、意外にも創さんはすぐに手を止め、シャワーを浴びに行った。

ふたりでベッドに入った頃には深夜一時を回っていたものの、明日の朝はゆっくりしてランニングは夜にしようということになった。

「花純のアイデアのおかげで、新しい企画ができそうだ。ありがとう」

「いえ、私はなにも……。でも、少しでも創さんの役に立てたのなら嬉しいです」

どうやら彼は、カフェサロンのキッチンカーを出してみたくなったようで、早くも企画書を作成したのだとか。週明けには、会議を行う手筈も整えたみたいだ。

「上手くいくといいですね。カフェサロンのキッチンカーができたら、私も友達や同僚と行ってみようかな」

楽しみになって笑顔を見せる私に、創さんが瞳を緩める。優しい笑みに胸が高鳴った直後、唐突に唇が塞がれた。

ちゅっとリップ音が響き、不意を突かれた私の頬がみるみるうちに熱を持つ。

「花純は急にキスすると照れるね」

「そ、それは……！」

「そんなところも可愛いから、俺としては嬉しいけど」

悪戯な笑顔の彼は、こんな風に私をからかうことも増えた。

「その代わり理性を抑える自信はないが、可愛い花純が悪いんだよ」

「……っ」

まるで息をするように零される甘い言葉にも、いったいどれだけ赤面したのかわからない。

「さっきだって、本当は仕事なんてせずに花純をベッドに連れ込みたかったんだ」

しかも、創さんは戸惑う私を誘惑するのが上手くて、いつの間にか私は彼のキスに翻弄されてしまう。

そうなるともう、恥ずかしがる暇も抗う術もない。

「花純……好きだよ」

そして、気づけばいつも、創さんから注がれる愛に溺れていく。

「可愛くて、愛おしくて……たまらない気持ちにさせられる」

蜂蜜に大量のシロップを注いで限界まで煮詰めたような、ひどく甘ったるい囁き。

それとともに繰り出される熱い抱擁も、私を愛でる指先や柔らかな唇も、私をとろけさせるためだけに惜しみなく与えられる。

彼から注がれる愛に甘やかされれば、私の心と体なんてひとたまりもない。

一年前には想像もしていなかった日々が、今では私の日常になっている。

「創さん……好き……大好きです」

「俺もだよ。愛してる、花純――」

当たり前ではない、穏やかで甘やかな創さんとの時間。

彼の腕に抱かれながら、今夜も何物にも代えがたい幸福感を噛みしめた――。

＊＊＊

季節は、夏真っ盛りの八月。

「結婚式は来年かぁ」

表参道《おもてさんどう》にあるカフェで、期間限定のマーマレードスコーンをかじる歩美に頷いた。

「うん、一月に挙げることにしたの。色々考えたんだけど、挙式は親族だけにして披露宴は友人たちにも来てもらおうって。歩美にもぜひ出席してもらいたいんだけど」

「もちろん！　出席するに決まってるでしょ！」

三か月ぶりに会う彼女は、相変わらず明るい笑顔を見せてくれる。

「それはいいんだけど、花純は結婚してから全然遊んでくれなくなったよね。月一で遊んでた頃もあるから、ちょっと寂しいなぁ」

「ごめんね。私自身は、前よりは忙しくはないんだけど……。創さんも私も土日が休みだから、週末は創さんと過ごしていて」

「まぁ、新婚さんにこんなこと言うのは野暮だよね。旦那さんとの生活を優先するのは当たり前だし、しかも花純の旦那さんは忙しいみたいだしさ」

最近の創さんは、どんなに忙しくても土日は私との時間を作ってくれる。

想いを伝え合ってからは、週末は必ずと言ってもいいほど彼と一緒に過ごしているため、友人たちと会ったり実家に帰ったりすることがめっきり減った。

創さんは私がひとりで出かけたとしても快く送り出してくれるけれど、私も彼と一緒にいたいと思っている。

それに、創さんは休日でも会社に行くことはあるし、家にいても仕事をしていることだってある。ときにはパーティーに出席する日もあり、週末だからといってゆっくり過ごせるわけでもないから、私は彼の予定に合わせるようにしているのだ。

「はいはい、ごちそうさま。いいなぁ、優しい旦那様で。しかもイケメンだし」

「……歩美って、創さんと会ったことないでしょ？」

「ネットで見たの。ホームページには顔写真はないけど、ＫＳＳで検索したら兄弟の写真が出てくるし、グループの取締役とか会長も全部載ってるよ」

ちょっとした有名人だよね、と頬杖をつく歩美がにやにやと笑っている。

「あんなイケメンが家にいたら毎日ドキドキしそう！　旦那さんって、『好き』とか『愛してる』とか言ってくれる人？　あの顔で言われたら悶えちゃいそうなんだけど」

「……っ、そんなの言えないから！　っていうか、こんなところで訊かないでよ！」

朝起きたとき、ソファで並んでいるとき、ベッドの中。昼夜問わず甘い言葉をくれるようになった創さんの艶麗な笑みが、脳裏にしっかりと蘇ってくる。

「はいはい、二度目のごちそうさま。幸せいっぱいの可愛い顔しちゃって」

きっと真っ赤になっているであろう私に、彼女が「いいなぁ」とため息をついた。

「今日のワンピースもデート用でしょ？　このあと旦那さんと待ち合わせ？」

鋭い指摘に、ドキッとしてしまう。

今日のワンピースは、ミントカラーの総レース仕立てになったもので、髪も緩く巻いてハーフアップにしている。

「う、うん……。実は今日、結婚記念日なんだ。創さんは仕事なんだけど、『ディナーに行こう』って言ってくれて、あとで待ち合わせしてるの」

「幸せ者め。それにしても、花純が結婚してからもう一年かぁ。でも、仕事で忙しくてもちゃんとお祝いしてくれるなんて、どれだけ素敵な旦那さんなのよ」

この一年、誰にも話せないところで色々あった。

最初は契約結婚だったなんて歩美にも言えないけれど、今の幸せは本物だと胸を張って言い切れる。

「花純の結婚式に備えて、本当にエステに通っちゃおうかな」

いつか聞いたような言葉で冗談めかした彼女に、私はクスッと笑った。

歩美と別れたあとは、駅前のコーヒーショップで時間を潰すことにした。

創さんは仕事が終わったようで、今いる場所をメッセージで送ると【迎えに行く】と返ってきた。彼が来てくれるのが待ち遠しくて、つい笑みが零れてしまう。

「あの、すみません」

創さんのことを探すように窓の外を見つめていると、唐突に声をかけられた。

「ここ、いいですか？」

「え？」

「さっきからずっと見ていたんです。素敵な方だなって」

店内にはまだ空いている席があるのに、と思う私に笑顔を向けてくるのは、同年代くらいのサラリーマン風の男性だった。

きょとんとして反応が遅れた私の返事を待たず、男性が目の前に腰掛ける。戸惑いつつも立ち上がると、「待ってよ」と手首を摑まれてしまった。

「……っ」

驚きと不快感で肩をびくつかせれば、「あ、ごめんね」と軽薄な視線が寄越される。

手を離す気がなさそうな男性に眉を寄せ、微かな恐怖心を抱えながらも気丈に振る舞おうと口を開きかけたとき。

「花純」

背後から柔らかな声が耳に届き、直後に腰を抱き寄せられた。

「創さん……」

「ごめん、待たせたね」

安堵混じりの微笑みを零せば、創さんが私に優しい瞳を向けてくれる。そのまま視線を外した彼は、私の手を摑む男性を一瞥した。

「妻になにか？」

「えっ⁉ あ、いやっ……！　その、別になにも……」

絶対零度の双眸と地を這うような低い声音に、男性がサッと青ざめる。

創さんの迫力に気圧されるように、男性はそそくさと立ち上がってこの場から離れた。ホッと息を吐けば、彼が私の顔を覗き込んで申し訳なさそうに眉を下げた。

「大丈夫か？」

「はい。軽く手を掴まれただけでしたから」

創さんは不機嫌そうに顔をしかめ、私の手を引いてコーヒーショップを出たあと、目の前に停められていた君嶋家の車に私を乗せた。

彼が運転手に「出してくれ」と告げると、車は夕方の街を走り出した。

「すまない。俺がもう少し早く来ていれば、花純に嫌な思いをさせずに済んだのに」

「そんな……！　創さんのせいじゃありませんから」

「だとしても、俺が嫌だったんだ」

「……創さん？」

深いため息を零した創さんの手が伸びてきて、私の頬にそっと触れる。

「花純が他の男に触れられたと思うだけで、心底腹が立つよ」

真っ直ぐに見つめられて、胸がきゅうっと締めつけられる。嫉妬を隠さない彼に、ドキドキさせられた。

「最近はどこに行っても、花純を見ている男が多いんだ。そのたびに、君が他の男の目に触れることが嫌になる」

「そ、そんなこと……。それに、人が見ているのは私じゃなくて創さんですよ……」

創さんはどこにいても目立ち、特に女性の目を引く。そのたびにヤキモチを焼いているのは、彼を独占したくてたまらない私の方だ。

「花純が他の男からの目に気づいていないだけだ。それに、俺は他の女性からの視線なんて興味はないし、花純だけが俺を見てくれていればいい」

恥ずかしげもなく言い切る創さんに反し、私は羞恥でいっぱいになってしまう。

運転手をちらりと見れば、私たちの会話は聞こえていないふりをしてくれているようだけれど、ふたりきりじゃないことは変わらない。

「花純がどんどん綺麗になってくれるのは嬉しいが、こういうときは悩ましいな」

ところが、彼の甘い攻撃は止まらなかった。

「君の可愛さは、俺だけが知っていればいいんだ」

困り顔に艶麗な笑みを浮かべた創さんが私の耳元に唇を寄せ、憂いを帯びたようなため息が耳朶を撫でる。次いで、柔らかな感触が耳殻に触れた。

「俺以外の男には、花純の姿が見えなくなればいいのに」

低く、甘く。甘切なさがこもった、彼の悩ましげな囁き。

刹那的に高鳴った鼓動が、そのまま飛び出してしまうかと思った。

「毎日どれだけキスしても、バカみたいに抱いても、すぐに足りなくなる」

「……っ」

「今だって、本当はすぐにでも花純を抱きたい」

羞恥に塗れる私に反し、創さんの甘ったるい誘惑は止まらない。

「呆れられるかもしれなくても、花純への想いがどんどん大きくなっていくんだ」

暴れ回る心臓を持て余す私の顔を覗き込んだ彼が、憂いを混じらせた微笑を浮かべている。なんてことが頭を過った直後、まるで息をするようにキスが降ってきた。

唇に触れる、創さんの体温を感じるくちづけ。

彼はそんなキスでは飽き足らないらしく、戯れるように唇が食まれてしまう。

「は、創さん……！」

「気にしなくていい。彼は有能だから、俺たちのことなんて見ていないよ」

運転手を気にする私に、創さんが悪戯な笑みを湛える。

彼に翻弄されてばかりの私の胸は、制御できないほどに戦慄いている。

浅い呼吸を繰り返しながら、何度目かわからないキスを受け入れてしまった——。


今夜、創さんが連れて行ってくれたのは、誕生日の夜と同じクルーズ船で楽しめるディナークルーズだった。

「色々考えたんだが、お互いの本音を伝え合う前に花純が一番嬉しそうに笑ってくれた場所だったから」

あのときとは違って今日は貸切だと知って驚きを隠せなかったけれど、彼がそんな風に思ってくれていたことが嬉しい。

「少しデッキに出ないか」

豪華なディナーを食べ終えたあと、創さんの提案に笑顔で頷いてデッキに行った。

周囲を見渡せば、闇夜の中で輝く東京の街が広がっている。

夏の夜風は心地好く、海の香りを孕ませた風が肌を撫でる。貸切のデッキにスタッフの姿は見当たらず、彼とふたりきりだった。

「あの日から一年が経ったなんて、なんだか信じられません。色々ありすぎて、本当にあっという間だった気がします」

「ああ、そうだな。始まり方は普通じゃなかったが、これからも色々な場所に行くのはもちろん、これまでふたりで行った場所を幸せな思い出で塗り替えていこう」

「はい」

「こんなことで花純の傷が癒えるわけじゃないかもしれないが、少しずつ楽しい思い出を増やしてきたいんだ」

創さんは、未だに私の傷が癒えていないと思っているらしく、彼に何度『大丈夫』と訴えても気にしているみたい。

「でも、私は今でも充分すぎるくらい毎日が本当に楽しいですよ」

だから、私は創さんの気持ちを汲み取りつつ、幸せだと精一杯伝えていくことに決めている。そうすれば、きっといつか彼もわかってくれるはず。

「毎日、朝起きたら隣に創さんがいてくれて、ふたりでランニングを楽しんで、ご飯を食べて。どんなに忙しくても休日には一緒に過ごす時間を作ってくれて、デートをしたり、ふたりで買い出しや料理をしたり……。毎日、楽しいことばかりです」

なにげない日常がこんなにも楽しいと知ったのは、創さんがいてくれるから。

「何度も好きだって言ってもらえて、キスだってたくさんしてくれて、夜には一緒のベッドで眠れることが幸せなんです」

彼がくれる言葉もキスも温もりも、どんなものよりも幸福感を与えてくれる。

つらかったことなんて思い出せないくらい幸せで、しいて言うのならこんな毎日がいつか壊れないかと不安に襲われるときもある。

けれど、創さんの笑顔を見れば杞憂だと感じられるし、マイナスなことを考えるくらいなら彼をもっと笑顔にするために時間を使いたいと思う。

「創さんが傍にいてくれるのなら、私はきっとずっと笑顔でいられます。だから、絶対にずっと一緒にいてくださいね？」

そんな気持ちを抱えて胸を張れば、創さんが予想だにしていなかったように目を丸くし、程なくして顔をくしゃりと歪めて破顔した。

「本当に花純には敵わないな」

子どもみたいに無邪気に笑う彼は、出会ったときよりも優しい瞳をしている。

「花純といると、幸せにされてばかりだ」

想いが通じ合ったときから今日までの中で、一番嬉しそうに見えた。

「これじゃあ、まるでプロポーズだ。花純に先を越されるなんて思わなかったよ」

「え？」

デッキに海風が通り抜けていく。

私を見つめる創さんは、柔和な瞳に真っ直ぐすぎるほどの真剣さを宿らせながら、深い藍色のスーツのポケットから小さな箱を出した。

そこになにが入っているのかと気づくまでには数秒もかからず、ベルベット素材の箱を見つめたまま視界が歪んでいった。

顔を上げれば、まばゆい光の真ん中で彼が微笑んでいる。滲む夜景の中でも、その面立ちはいっとう秀麗だった。

声にならない声が喉を詰まらせると、箱がそっと開かれて輝く宝石が姿を現す。月夜に照らされるダイヤモンドは、世界で一番美しいものに見えた。

「花純」

優しい声が私を呼ぶ。

「俺はもう、花純がいない日々は考えられない」

愛おしさが込められた声音に、胸が痛いくらいに詰まる。

「他の男の目に触れさせたくないと思うほど嫉妬深くて、花純の前では余裕なんてないが、君の幸せのためなら全力を尽くすと約束する」

別れの言葉を告げたあの日、確かに創さんの想いを知った。

それからも、彼はたくさんの愛を伝えてくれている。

「だから、改めて伝えたい」

けれど――。

「来世でもまた一緒になりたいと思うほど、花純を愛してる。今度は俺の本当の妻として、ずっと傍にいてほしい」

そのすべてを乗せて惜しみなく紡がれた言葉に、涙が止まらなかった。

「……っ」

返事をしようとしているのに、喉が熱くて声が上手く出ない。反して、想いはとめどなく溢れてくる。

喜びに満ちた胸の奥は創さんへの愛を訴えるように、キュンキュンと震えている。

〝好き〟も〝愛している〟も声にするとあまりにも短すぎて、きっとこの恋情を伝えるには足りないけれど……。

「私だって……創さんを愛してます……」

どれだけ必死に思考を働かせても、私にはこれ以外の愛の言葉を見つけられない。

「私も……生まれ変わっても、また創さんに出会いたいです。きっと、何度生まれ変わっても、私は創さんに恋をします……っ！」

だから、今の私が思いつく限りの言葉で想いを零し、精一杯の笑みを返した。

「私を、創さんの妻にしてください」

涙声で告げれば、彼がほんの一瞬だけ泣きそうな顔になって。けれど、すぐに瞳をふわりと緩めた。

幸福感に満ちたかんばせを前に、幸せが押し寄せてくる。

私の左手を取った創さんが、結婚指輪が収まる薬指に偽りのない想いを込めた指輪をつけてくれる。

宝石がきらめくような夜景の中で、本物の愛を謳うダイヤモンドがなによりも美しい光を放っていた。

その手に骨ばった手が重なり、顔を上げれば涙に濡れた瞳が彼の視線とぶつかる。

「ふたりで幸せになろう」

「はい」

刹那、どちらからともなく顔を近づければ、唇がそっと触れ合った——。

エピローグ　Side 創

夏が駆け抜けるように過ぎていき、もうすぐ秋になる。

そんな気配を感じてバルコニーに視線を遣れば、隣にいた花純が小首を傾げた。

「どうかしましたか？」

「もうすぐ秋だな、と思って」

開けた窓から入ってくる風には秋の匂いが混ざり、降り注ぐ日差しも幾分か柔らかくなった。随分と過ごしやすくなったな、と思う。

彼女への想いを自覚してから、日々のささやかな出来事や季節の移ろいを敏感に感じ取るようになった気がする。

これまでの自分の中にはなかった感覚だが、こういったことに気づくたびに不思議なほど穏やかな気持ちに包まれる。こういうのも、幸せと呼ぶのかもしれない。

「今日は少し涼しいですし、外も気持ちよさそうですね」

「あとで散歩でもしようか。駅の向こうにオープンしたコーヒーショップが気になっているんだが、買い出しのついでに寄らないか」

「いいですね！　スイーツもおいしいらしくて、私も気になっていたんです」

にこにこと笑う花純は、「ちょっと調べてみます」と言いながらスマホでコーヒーショップの名前を検索し、メニューを見始める。画面をスクロールする左手の薬指にはエンゲージリングが輝き、彼女が手を動かすたびにキラキラと光った。

「パウンドケーキとチーズケーキが人気みたいですよ。どっちもおいしそう」

真剣な顔になったり、パッと目を輝かせたり、コロコロと変わる表情は見ていて飽きない。可愛くて愛おしくて、衝動的に腕の中に閉じ込めてしまいたくなった。

「花純」

俺の呼びかけで顔を上げた花純にキスをすれば、彼女が照れたように微笑んだ。喜びをあらわにする表情に、胸が強く摑まれる。

結婚式を一月にしないか、と提案したのは俺だった。

日取りを含め、できる限り花純の意見を取り入れるつもりだったが、彼女と出会った日にこだわってみたくなったのだ。

花純も笑顔で賛成してくれ、式の準備も順調に進んでいる。

ただ、今にして思えば、一刻も早く式を挙げればよかったかもしれない。

「あの……創さん。もう一回、キスしてほしい……です」

理由は、花純との子どもが欲しくなったから。

子どもなんてまだ先でいいと思っていたのに、最近の彼女は以前にも増して魅惑的で、理性的だと自負していたのが嘘のように誘惑に駆られてしまう。

そして、花純によく似た子どもが生まれる想像をしては、家族が増えた未来に思いを馳せた。本当に、彼女といると予想外のことばかり味わわされる。

けれど、どうしようもなく幸せなのだから、仕方がない。

先日会った浅香には『顔が緩みっぱなしだぞ』と苦笑いされたが、それすら気にならないほど心が満たされている。呆れ顔をされても、余裕の笑みを返せたくらいだ。

「創さん……？」

そんなことを考えている間に、花純が俺を不安げに見つめていた。わずかに潤んだ瞳に朱に染まった頬が、俺の心を搦め捕るように甘く誘う。

「ああ、どうかしたか？」

「……っ、ずるい……！」

もう一度ねだらせたくてとぼけると、彼女は抗議の目で訴えてきた。

拗ねた顔つきにすら鼓動が高鳴るのだから、本当にどうしようもない。

きっと、俺はこれからもっと花純に溺れていくのだろう。

理性も常識も覆すほどの愛おしさが、それを肯定するように心をくすぐってくる。

「悪かったよ。キスくらい何度でもしてあげるから、拗ねないでくれ」

あやすように触れるだけのキスを繰り返せば、彼女の表情が緩んでいく。

無防備な瞳が俺を誘うようで、戯れのくちづけではあっという間には足りなくなってしまう。

もう、本当に敵わない。

自分自身にこんな日々が訪れるなんて想像もしていなかったが、手に入れた大切なものを失う未来は考えられない。

だから、花純も、彼女との日々も、決して失くさないようにしよう。

ようやくして唇を離せば、花純の瞳がそっと弧を描いた。

出会ったときに雨の中で不安げにしていた女の子は、あの頃のままの真っ直ぐな双眸で俺を見つめ、凛とした美しい花が綻ぶように破顔した——。

END

あとがき

こんにちは、河野美姫《かわのみき》です。

このたびは『離婚予定の契約妻ですが、旦那様に独占欲を注がれています』をお手に取ってくださり、本当にありがとうございます。

今作は『契約結婚』と『初恋』に主軸を置きつつ、『過去と向き合うこと』などをテーマに書き上げましたが、いかがでしたでしょうか?

私にとっては、一生懸命な花純も不器用な創も、他の作品のキャラ同様にお気に入りです。反面、マーマレード文庫様の自著の中では一番と言えるほどシリアスなストーリーだったので、これまでとはまた違った不安がありました。

特に、頭を悩ませたのはヒーローの創の存在です。

前半の創は冷たい上に取っつきにくく、かと思えば優しいときもあり……。作者なのに、花純と同じように創の気持ちがわからないこともありました。

ただ、だからこそ花純というキャラが活きたのではないかな、とも思います。